マーカス・セジウィック
小田原智美訳

シーグと拳銃と黄金の謎

作品社

シーグと拳銃と黄金の謎

一九一〇年　ギロン　北緯六十八度　85

一九〇〇年　ノーム　北緯六十六度　137

一九一〇年　ギロン　北緯六十八度　169

兄へ

専門職《せんもんしょく》につく者にとって、自身の職において高い技術と効率《こうりつ》のよさをしめすものはすべて美しいと感じられる。したがって、殺人兵器はそれがなす残酷《ざんこく》な所業《しょぎょう》に比例《ひれい》して、兵士にとっては美しいものなのである。

『チェンバーズ・エジンバラ・ジャーナル』一八五三年

武器の王様、コルト・リボルバー！　この銃《じゅう》は、アメリカ陸軍、アメリカ海軍、州兵に採用《さいよう》され、騎馬《きば》警官隊、郡保安官、カウボーイ、そして、辺境《へんきょう》の開拓者《かいたくしゃ》たちにも使用されています。さまざまな型が徹底《てってい》した試験を受け、「世界一安全で、強力で、信頼《しんらい》のおけるリボルバー」だと太鼓判《たいこばん》を押されました。

コルト銃の一般広告　一八九六年

一九一〇年

ギロン

（スウェーデン北部）

北緯六十八度

第一章　入浴日　夕暮れ

死人にも口はある。

シーグは小屋の反対のはしに横たわる父親を見つめ、口をひらいてくれるのを待っていた。だが、父親はなにもいわなかった。死んでいたからだ。シーグの父親エイナル・アンデションはテーブルの上に横たわっていた。両うでを頭より高い位置にあげ、ひざをわずかに曲げ、発見されたときの姿勢《しせい》のまま凍りついている。エイナルは湖の氷の上にたおれているところを発見された。そばには、そりを引いていた犬たちが引き具《ハーネス》をつけたまま、しんぼう強く待っていた。

小屋のなかはあたたかかったが、エイナルの肌《はだ》は灰色で、あごひげとまゆにはまだ霜《しも》や氷がついていた。あたたかいとはいっても、外にくらべればだ。夜が近づくにつれ、外の気温は急激《きゅうげき》にさがり、すでに零下《れいか》二十度になっている。ひょっとすると、もっと低いかもしれない。小屋のなかは人がどうにか生活できる気温、氷点をいくらかうわまわる温度だったが、それでもエイナルの体は断末魔《だんまつま》の苦しみから解かれることを拒否《きょひ》していた。

シーグはただひたすら父親を見つめていた。まるで自分も体が凍りついてしまったかのようにいすから動かず、父親が体を起こし、ほほ笑みをうかべ、口をひらいてくれるのを待っていた。だが父親はそうしない。

「死人に口なし」ということばはまちがっている。

死者も話をするのだ。

第二章　入浴日　夜

「もし」ということばはとても短いことばだが、とても大きな疑問をなげかける。もし、今《け》朝《さ》、シーグが父親といっしょに出かけていたら、どうなっていたか。もし、エイナルが家族にかくしごとをしていなかったら？　もし、コルト銃《じゅう》をもって出かけていたら？　エイナルはまだ生きていただろうか。

シーグの頭に数々の疑問がわいてきた。死の呪文《じゅもん》は解けつつあった。体がぶるっとはげしくふるえ、シーグはストーブの火が消えかかっていることに気づいた。

シーグは耳なれた短い悪態《あくたい》のことばを口にした。父親のエイナルが生きていれば、まちがいなく使っていたことばだ。ただし、若き新妻《にいづま》のナディアがそばにいなければだが。ナディアはその手のことばをひどくきらう。シーグの姉であるアンナも父親が悪態をつくのを聞いたなら、じろりとにらんだはずだ。

「父さん！」

そのあと、アンナは声をあげて笑っただろう。もちろん、笑ったにちがいない。アンナはいつも笑っている。声をあげて笑わないのは、歌をうたっているときだけだ。あるいは、ナディアとけんかしているときか。

シーグは待った。だが、なにを待っているのかは自分でもわからなかった。父親がまだ息をしているというなんらかのしるしかもしれない。ほんのささいな物音かもしれない。だが、なにも聞こえない。耳にとどくのは、自分の呼吸の音、口に押しつけたこぶしにかかる息の音だけだった。とうとう、シーグはいすから立った。窓《まど》からしのびこんだ夕やみが、いつのまにか部屋じゅうをおおっていた。小屋のなかは、屋根の中央の梁《はり》にがんじょうな金属のかぎでつるされた石油ランプの明かりにやわらかく照らされている。

この小さな丸太小屋にシーグの家族は暮《く》らしている。縦《たて》七・二メートル、横三・六メートルの部屋と、家族全員のブーツとコートが置かれた一メートル四方の玄関《げんかん》と、玄関にあるべつの内とびらからつうじる物置、それが彼らの全世界だった。食べものや、ろうそく、せっけん、工具、予備《よび》の布類が保管《ほかん》される物置は、夜にはシーグの寝床《ねどこ》にもなっていた。床にいくつもならぶ小麦粉の袋の上で体をまるめて眠るのだ。快適《かいてき》な寝室《しんしつ》とはいえないが、すくなくとも、この小さな部屋はシーグひとりのかぎられた空間だった。外にはいつでも世界が、はてしのない空間がひろがっている。外には、北国の、寒く、広く、なにもない大地がどこまでもつづいている。小屋から見えるのは湖と、裏《うら》にある森と、遠くの山々だけだった。

シーグはストーブの薪《まき》の燃えさしで小さなろうそくに火をつけた。それから、テーブルのまわりを歩きながら、父親のことを見るべきかどうか考えた。そして決めた。父さんを父親ではなく死体だと思うようになったら、そのときがきっと見るのをやめるときなんだと。

シーグは部屋でいちばん大きな窓の上にある長い棚《たな》から小さなランプをおろし、ろうそくの火をうつすと、ろうそくをストーブのなかになげこんだ。

玄関に行き、トナカイの皮のブーツをはいて手袋をはめる。本人は気づいていなかったが、手足に直接ふれるやわらかな毛皮の肌ざわりが、シーグの気もちをいくらかほぐした。

部屋につうじるとびらを閉め、シーグは外へのとびらに手袋をはめた手をかけた。そして一瞬《いっしゅん》ためらった。深呼吸をして寒さの襲撃《しゅうげき》にそなえる。

掛《か》け金《がね》をぐっと引くと、足を外にふみだす前から、寒さに全身をとらえられた。胸はぎゅっとしめつけられ、顔は針で刺されたようにぴりぴり痛む。風が口と鼻をふさごうとするが、シーグは北極圏《ほっきょくけん》の百六十キロ北に位置するこの地に暮らすうちに、外に出るときには風向きをたしかめるまでは息をとめておくという知恵が身についていた。それでも、冷気は脚のうしろと顔をじわじわとはいあがり、体の熱をうばおうとした。

シーグは頭を低くし、あらたにふった雪の上をいそいでつっきって薪の山までたどりつくと、薪を六本つかんだ。小屋にもどるとちゅう、湖のほうに目をやると、湖面はあかるい月明かりに照らされてかがやいていた。なんとなく、父親が死んだことで湖がいつもとちがって見えるのではないかと思っていたが、そんなことはなかった。このような湖のすがたは、これまでも百回は見たことがある。シーグはどうして自分がこんなにつらいのか理解した。人生が平凡とはほど遠いものになってしまったのに、湖がふだんとまったく変わらぬままに見えるからだ。春が来ると、氷は解け、父親が死んだ場所はなくなってしまい、また湖面を風が波立たせる。そんなことは、シーグの頭にはうかびさえしなかった。今は雪がすべてをおおい、温度計の水銀柱は氷点下数十度をさしている。冬以外の季節の記憶《きおく》などよびおこすのは不可能だった。

シーグはよろよろと玄関にもどってくると、薪をほうりだし、ブーツをぬいだ。そうするあいだも湖の疑問が頭をはなれなかった。薪をひろいあつめ、部屋のとびらを体で押しあけると、急に体があたたまったせいで、肌がじんじん痛くなった。

ストーブに薪をくべ、通気孔《つうきこう》を開けて、ストーブの内部にできるだけ多くの空気を取りこむ。またたくまにのこり火がまっ赤に燃えたちはじめ、数秒で薪の表面に燃えうつって、樹脂《じゅし》がパチパチとはじけた。

薪が燃えるようすを見ているうちに、シーグは前に父親が話してくれたことを思いだした。銃を撃《う》つとき、銃の中心部にある真鍮《しんちゅう》の薬きょうのなかでどんなことがおきているのか、エイナルはシーグに話して聞かせていた。

同時に、シーグは自分が難《なん》なく火をおこしたことで、氷上で父親が火をおこせなかった事実を思いだした。そのせいで、父親はシーグの背後《はいご》にあるテーブルの上で凍ったまま横たわっているのだ。

そもそも、どうして父さんは湖をつっきったのだろう？

エイナルはその日の朝、いつものように四頭の犬に小さなそりを引かせ、ギロンの町にむかった。湖頭《ことう》を迂回《うかい》し、森を出たり入ったりする、蛇行《だこう》した小道を通った。その道を使うと、小屋から町までは約十キロの道のりになる。カラスなら湖の上を飛んでわたって、最短距離の三キロで行けてしまうところだが。

今日は入浴日だった。鉱夫たちはたいてい週に六日働くが、採鉱業者《さいこうぎょうしゃ》ベルイマン社の鉱石分析所《ぶんせきじょ》で働くエイナルは日曜だけでなく、入浴日も休みだった。それでも入浴日にも、エイナルにはすべき用事があれこれとあった。鉱山の持ち主であるペール・ベルイマンと仕事の話をし、駅前のホテルの酒場で酒を飲み、そしてようやくわが家へもどり、午後ののこりの時間を家族とすごした。

シーグはそうした入浴日の午後が大好きだった。実の母親の記憶はおそらく片手でかぞえられるほどしかなかったが、父親の新しい妻であるナディアはたいてい、その日は洗濯《せんたく》やそうじなどの家事をすべて早いうちにすませた。それから家族はそろって入浴の準備《じゅんび》をはじめる。週に一度の入浴は昔のヴァイキングの習慣《しゅうかん》にならったものだ。シーグとエイナルは井戸と小屋を何往復もしてバケツで水をくみ出す。ナディアとアンナはバケツをストーブの上にのせて湯をわかす。小屋の裏の壁《かべ》にさげてあるブリキの風呂おけを取ってくるのはエイナルの役目で、部屋の奥《おく》にひもを張って毛布をつり、目かくしをつくるのはナディアの役目だった。

女たち――シーグの姉のアンナとエイナルの妻のナディア――が、いちばん熱くてきれいな湯につかれるよう、ふたりで先に風呂に入る。そして、けんかをしていなければ女どうしのおだやかな会話を楽しみ、けんかをしていれば無言状態をとおす。ふたりが出ると、エイナルが入り、最後にシーグが入った。シーグはあたたかい湯のなかにすわり、かかえたひざにあごをのせ、窓の外の景色をながめるのが大好きだった。冬には絶《た》えまなくふってくる雪を、夏には松林のなかを動く影をじっと見つめていた。だが、シーグがいちばん楽しみにしていたのは、風呂を出たあと、ナディアとアンナが夕食のしたくをしているあいだに父親とふたりですごす時間だった。

この時間にエイナルはシーグに重要なことを、息子《むすこ》が父親から学ぶべきことを教えた。ゴールドラッシュの時代と金《きん》への欲望について話したのも、だいじにしまわれたお姫さまの宝石のように、専用の箱に保管されているリボルバーについて話したのも、入浴後のこの時間だった。シーグはいつも聞きわけのいい生徒のように、父親の話に耳をかたむけた。たいていはじっと聞いているだけだったが、ときにはひとつふたつ質問をすることもあった。

「銃は武器じゃない」エイナルはシーグにそういったことがあった。「答えだ。人生でなにか問題が生じたとき、最後の手段としてたよるべき解決策《かいけつさく》なんだよ」

シーグには父親のことばの意味が理解できなかった。そのときにはまだ。

エイナルはまた、よくシーグにこう警告《けいこく》した。「ズキンガラスを見かけたら、けっして湖を横ぎるな。あのカラスは陽気があたたかくなってくるころにもどってくる。それから、河口付近はぜったいにつっきるな。あのあたりの氷はいつもほかよりうすい。冬のさなかでもだ」

それなら、いったいどうして父さんは湖をつっきったのだろう。朝、町に行くときには、いつも安全だと話している、曲がりくねった湖畔《こはん》の道を通ったのに、帰りはなぜ危険《きけん》な湖の上を通ったのだろう。

第三章　入浴日　夜

「ずいぶんましなにおいになったわね」入浴日のたびにアンナは弟をからかった。姉弟《きょうだい》は年《ねん》齢《れい》がすこしはなれていたので、おたがいをライバル視することなく、いつでも友だちのような関係でいられた。そして、ナディアが来る前は、アンナはシーグの母親がわりでもあった。

このごろ、シーグは自分には母親がふたりいるような気がしていた。じっさい、アンナとナディアはあまり年が変わらない。アンナはもう大人の女といっていい年齢になっていたし、ナディアは夫のエイナルより二十五歳も若かった。

だが、今回の入浴日には、入浴もおしゃべりも笑いもなかった。そして、なにより、エイナルがいなかった。

シーグとアンナとナディアの三人は昼すぎからエイナルの帰りを待っていた。そして、じっさいには母親ではないふたりの女たちのいいあらそいがはげしさを増してくると、シーグは父親をさがそうと行き先もつげずに外に出た。きっととちゅうで父さんに行きあって、いっしょにそりに乗って帰ってこられるだろう。シーグはそう考えていた。ひょっとすると父さんは犬たちを鞭《むち》でせかして走らせてくれるかもしれない。そうしたら、湖のほとりの雑木《ぞうき》林《ばやし》のなかを北風みたいにかけぬけられる。

真冬でも、シーグは長い時間、外でいろんなことをあれこれ考えながらすごした。これから自分はなにをしたらいいのか、答えを見つけようとしていた。ギロンの町に越してきてから、シーグはベルイマン社が町につくった学校で二年間、孤独《こどく》な生活を送っていた。シーグは学校でいくらかのことは学んだが、人づきあいについてはほとんどなにも学ぶことができなかった。最後まで、まわりにとけこめない少年でありつづけた。いつまでも新参者《しんざんもの》として、町になじもうとしない新しい鉱石分析官の息子としてあつかわれた。町の人々の目にはエイナルが、自分はこんないなか町に住むような人間ではないと考えているように見えていたのだ。シーグは十四歳になると学校をやめた。そろそろこの先の人生をどう生きていくか決めなくてはならない。とはいえ、じっさいは町の人たちと同じように鉱山で働くほか道はなかった。ときおり、シーグは鉱石分析所で父親の仕事の手つだいをしたが、それ以外の時間には、薪を割ったり、柵《さく》をなおしたり、小屋のこわれた部分を修理したり、犬たちの世話をしたりしていた。ときどき、将来について考えをめぐらせるうちに、森のなかで道に迷ってしまうこともあった。そして、自然をながめているときも、考えごとをしているときも、家の仕事をしているときも、なにかを待っているという感覚をけっしてぬぐいさることができなかった。

もしかすると、その感覚は彼らがこれまで送ってきた生活と関係があるのかもしれない。人生のほぼすべてをあちこち転々としながらすごしていると、あまえられる母親もなく、来る年も来る年も、三百六十五日、二十四時間、寒さに追いたてられて生きていると、いったい、人はなにをうしなってしまうのだろう。なにが雪のなかにうもれてしまうのだろう。

それが何であれ、シーグにはその名前すらわからなかった。

シーグは父親に会いたくてたまらなくなり、いそいでブーツをはくと、小屋の横壁のひさしの下にさげてあるスキーを取ってきて、ブーツに着け、小屋の前の道を横ぎった。外はしんとしずまりかえっていて、姉たちのいいあらそう声も聞こえず、シーグはほっとした。だが、すべればすべるほど、スキーの裏に雪がはりついていった。この数日、何度も父親からいわれていたとおり、板の裏にろうをぬっておくべきだったのだ。

「捕鯨船《ほげいせん》の乗組員だって船の底に油をぬってるんだぞ」エイナルはいった。「水がしみてこないようにな。それなのに、おまえは自分のスキーにほんの少しろうをぬることの重要さがわからないのか！」

思うようにすべっていくことができず、シーグは父親のもうひとつのいいつけも無視《むし》してしまおうかと考えはじめた。氷が張った湖をつっきれば、ずっと楽に、ずっと短時間でギロンの町にたどりつける。シーグは凍った湖のほうに目をやった。

そして足をとめた。

五百メートル先、いやもっと先かもしれない。氷の上に黒い点のようなものが見える。それがなにを意味するかを理解するのに数秒かかった。白のなかに黒い点。もちろん、その点の正体はなんであってもおかしくなかったが、同じような光景《こうけい》をシーグは何度か目にしたことがあった。ときには、その黒い点のまわりを、カラスたちがぴょんぴょん飛びまわり、残《ざん》酷《こく》な行為《こうい》をしていることもあった。黒い点はおそらく、なんらかの理由で雪にたおれたトナカイの死体だろう。カラスたちはふてぶてしく、人間をこわがることもなく、シーグとエイナルがようすをうかがうために近づいていっても、いつまでも死肉をついばみつづけ、最後の最後でようやく、けだるそうに翼をひろげ、飛びさるのだ。そのころにはトナカイの死体はすでにあばらがむきだしになっている。シーグははじめてその光景を見たときのことを思いだした。あれはたしか八歳のときだった。近くで見るよう、父親に手まねきされたが、シーグは距離をたもったままでいた。こわかったわけでも、気が動転《どうてん》していたわけでもない。ただ、その光景に目をうばわれていたのだ。

雪がふりだした。

顔をあげ、道の先を見つめて耳をすましたが、なんの音も聞こえない。ふたたび湖を見おろし、黒い点を見る。さっきと変わりない。シーグはスキーのむきを変え、湖のほとりまでおりていった。

湖面に足をふみだす前に、念のためにストックを一、二メートル先まで何度かつきさして

みると、氷は割れなかった。といって、安全が保障《ほしょう》されたわけではない。自分の体重をのせ

てみないかぎり、ほんとうの強度などわからないのだ。シーグは道から見えていた方角に黒

い点をさがした。すると、すぐには見つからなかったが、すこし視線を左にずらした先に、

たしかにまだ黒い点は存在していた。

と、こごえるような寒さで、呼吸をするたびに刺すような冷気が鼻から入ってくるにもか

かわらず、シーグの体は急に汗でじっとりとしめりはじめた。あることに気づいたからだ。

黒い点は、まさに、ギロンと小屋をまっすぐにむすぶ道すじにあった。鉄鉱所から細い煙と

蒸気《じょうき》が絶えまなく空へのぼりつづけているから、ギロンの町の方角はまちがえようがない。

その道は、河口付近の湖面を通る危険なルートだった。

シーグには、なにがおきたのかがはっきりとわかった。

シーグは氷のうすさもきしむ音も無視して湖面にふみこむと、黒い点をめざして無言のま

ま、ストックを使って必死にすべっていった。まもなく、黒い点はいくつかのもののあつま

りであることがわかり、それからしだいにそれぞれのもののかたちがはっきりと見えてきた。

犬ぞりの先導犬《せんどうけん》フラムは、シーグを見るとよろこんで吠《ほ》えはじめた。そして、フラムが立

つと、ほかの三頭の犬たちも立ちあがったが、シーグの目は氷の上に横たわる父親のすがたに釘《くぎ》づけになっていた。

シーグは凍死《とうし》した父親を目にして、恐怖《きょうふ》にうちのめされた。だが、それだけでは終わらなかった。絶望《ぜつぼう》のなか、混乱する頭であたりを見まわしたシーグは、父親の身になにがおきたかを知った。父親はこれ以上ないほど哀れで痛ましい最期《さいご》をとげたのだった。

父親の体はわきを下にして、ねじれるように横たわっていた。うでは頭よりわずかに高い位置にのばされている。足から腰《こし》にかけて服が氷でひかっているが、上半身には氷はついていない。そして、どういうわけか、片手の手袋がはずされていた。この寒さのなかで手袋を取るとは、愚《おろ》かな行為としかいいようがなかった。そばには父親がいつも仕事に行くときにもっていたかばんがあった。それから、シーグは小さなマッチの箱が落ちていることに気づいた。父親の手の近くには、マッチがちらばっている。シーグは夏に川辺でよく目にする丸太《ログジャム》のつかえを思いだした。材木業者は川下に運ぶ丸太を一度に大量に流しすぎて、川幅のせまい場所によくつまらせてしまうのだ。

目にしたものすべてが、なっとくのいかないことだらけだった。だがシーグは、北の地で暮らしたことのない人間であれば見落としていたかもしれないことに気づいた。湖面の氷が二か所、ほかよりもほんのすこし霜のつきがうすく、のこぎりの歯のようにぎざぎざとつきだしていた。シーグにはそれがなにを意味しているかがわかった。

そこは氷がうすかったところなんだ。その上をそりで通ったときに、氷が割れて父さんは湖に落ちた。でも、なんとかそこからはいあがることができ、その後、この容赦《ようしゃ》ない冷気のせいでふたたび湖面は凍りつき、穴はふさがったんだ。

服についた氷から判断《はんだん》すると、父さんは腰の上まで、もしかすると胸まで穴にはまったのかもしれない。もし頭まで完全に落ちていたら、はい出ることはできなかっただろう。運よく、そうはならなかったけれど、それでも、穴から出るにはおそろしいほど苦労したにちがいない。

シーグはまるで目の前で見ていたかのようにありありとその光景を思いうかべることができた。

エイナルは犬たちのハーネスをつなぐ引き綱を引っぱっている。犬たちは引きずられまいとけんめいに足をふんばり、凍った湖面を爪で必死にかいている。エイナルはどうにか腰まで穴の外にはい出ると、足も引っぱりあげた。この先もすばやく行動しなければならないことはわかっていた。ぬれた服はすでに体にはりつくようにして凍りつつある。小屋まではたった一キロ半の距離だが、このままでは半分も行かないうちに力つきてしまうだろう。まずは火をおこす必要がある。

燃やせるような木はもっていない。だが、すぐにエイナルは思いついた。そりは木でできている。かばんには鉱石分析所からもち帰った書類が入っている。マッチももっている。しかし、手袋をはめた手では、ポケットからマッチの箱を取りだすことすらできない。

エイナルは危険とわかりつつ歯を使って右手の手袋をはずした。そして、毛皮の裏地のついた上着のポケットからマッチの箱を引っぱりだした。だが、不運にも、エイナルの体ははげしいけいれんをおこし、ぶるぶるふるえていた。足全体に張りはじめた氷が、体の熱を急速にうばっていたのだ。エイナルはマッチの箱を雪の上に落としてしまい、ひざまずいてひろおうとしたが、指はすでに感覚をうしなっていて、なかなか箱をつかめなかった。

やっとのことでエイナルはマッチの箱をしっかりと手につかんだ。そして、気づいた。マッチを出す前にまずかばんから書類を出し、そりを解体すべきだったと。泣きたくなったが、泣けなかった。頭がまともに働かない。手袋をはめたままの左手でかばんを引っぱる。だが、それすらかんたんにはいかなかった。もう、うでの筋肉をうまく動かすことができなかったのだ。

のぞみがどんどんうしなわれてきていることを知りつつ、エイナルはマッチの箱を押しあけたが、また体がふるえ、内箱を押しすぎてしまった。内箱が外箱からはずれ、小さな命《いのち》綱《づな》がすべて、凍った湖面に積もる雪の上にちらばった。

シーグはその一部始終《しじゅう》を頭にうかべることができた。まるで、その場にいあわせたかのように。人生の終わりをむかえるときまで、けっしてこのことはわすれないだろう、とシーグは思った。死ぬとき、人はどんな思いをいだくのだろう。ひとりで死ぬのはどんな気分なのだろう。

　エイナルはいまや自分の死をさとっていた。ぶあつい手袋をはめた、ふるえる手ではマッチをひろいあげることはできない。かといって、もう一方の手でもひろうことはできない。なぜなら、そちらの手はすでにかじかんで、使いものにならないからだ。エイナルはなんとかしてマッチの頭を外箱の側薬《そくやく》にこすりつけようとやっきになった。口でマッチをひろいあげようとするが、うまくいかない。顔の筋肉ももう動かなくなっていたのだ。

　おそろしい皮肉《ひにく》としかいいようがないが、マッチの箱をまさぐっていたエイナルの手がたまたまマッチの頭を外箱の側薬に押しつけ、スウェーデン人によって発明され、ガラス粉や燐《りん》や硫黄《いおう》やカリウムなどによって生みだされる小さな化学的奇跡《きせき》が、人里はなれた北の荒野《こうや》の凍った湖の上でひきおこされた。氷上に落ちているマッチの頭が側薬にこすれた瞬間、炎がぼっと音をたてて燃えあがった。だが、エイナルにできたのは、その炎がマッチの柄《え》を焼き、またたくまに燃えつきるのを見つめることだけだった。

　一時間後、エイナルの命もつきた。

第四章　日曜日　早朝

「神のご加護《かご》を信じなさい。勇気をもつのよ、シーグ」アンナはいい、ふたりは行ってしまった。シーグとエイナルをのこして。シーグは片手で首のうしろをさすりながら、はっとして手をとめた。それが父親がよくしていたしぐさだったことを思いだしたのだ。

凍死する人間は、最後には体全体にふしぎなあたたかさがひろがるのを感じ、よろこびにみたされて死ぬのだとシーグは聞いたことがあった。そして、父親もそうであったことをねがったが、心のどこかでは、死んだ人間がなにを感じたかなんて生きている人間が知っているはずがないと思っていた。シーグはまた父親のことばを思いだした。エイナルはいつもいっていた。「知ることのできることはなんでも知っておけ。いいか、どんなことでもだぞ」

あのとき、湖に横たわる父親のそばにシーグがひざまずくと、とつぜん背後からスキーの音が聞こえてきたのだ。アンナとナディアだった。

その後、三人でいそいで立てた計画について、シーグはほとんどおぼえていない。アンナとナディアはシーグが湖にいるのを見つけ、しっかりと雪にそなえた服そうをしてから、ようすを見にかけつけたのだ。雪はしつこくふりつづけた。三人はパニックをおこしそうになるのをなんとかこらえ、死んでいるエイナルを見たショックを必死におさえ、おそるおそる、エイナルをそりに運んだ。そのあいだも、氷はみしみしときしむような音をたてていたが、三人とも、自分たちもあっというまに凍死してしまう可能性があることについては口に出さなかった。そして、エイナルをなんとかそりにのせると、氷のきしる音とひび割れる音に神経を完全にうちくだかれてしまう前に、いそいで湖の外へとそりを走らせ、ぶじに小屋にたどりついた。

だれがのこり、だれが行くかを決める段になって、気づまりな沈黙《ちんもく》が流れた。けっきょく、姉の顔に不安そうな表情を読みとったシーグが口をひらいた。「ふたりが行きなよ。ぼくは待ってるから」

ナディアはシーグの手をぎゅっとにぎり、ささやくような声でいった。

「よくいってくれたわ」

そうしてふたりは町に助けを求めに行くことになった。

「しっかりするのよ」去りぎわにアンナはいった。アンナは必死に泣くまいとしていた。ナディアは無言だった。目はうつろで、まるで、この地の凍《い》てつく景色が視力をうばってしまったかのようだった。ふたりは犬を連れ、ふたたび出発した。アンナがそりの滑走部《かっそうぶ》に立ち、犬たちを走らせた。ナディアはエイナルの体を横たえていた場所にすわっていた。シーグはふたりのすがたが見えなくなるまで見送った。そりはあっというまに、夕やみにくすんで見える森の木々と灰色がかった雪のなかに消えた。そして、シーグは小屋にもどった。

シーグは寝る直前にストーブの通気孔を閉め、たくさんくべておいた薪が時間をかけて朝までゆっくり燃えるようにした。それから、エイナルとナディアが使っていたせまいベッドをながめ、次にアンナが毎晩マットをしいて眠っている長いすを見た。今夜はどちらか好きなほうを自分の寝床にすることができる。

シーグはテーブルの上の父親を見た。そして、けっきょくこごえそうなほど寒い物置の小麦粉の袋の上で眠ることをえらんだ。あたたかな部屋は遺体にゆずった。

まだうす暗い早朝に、シーグは目をさました。うでをこすって血液の循環《じゅんかん》をよくする。それから物置を出て、光がさす部屋のなかへよろよろと歩いていった。

テーブルの上の父親の姿勢がきのうとは変わっている。まるで、眠っているようだった。わきを下にして横たわり、うでと足を体の横で軽く折りまげている。

シーグはいそいでテーブルのそばに行った。ばかげたのぞみが口から出そうになったが、父親の顔を見て、息を吹きかえしたわけではないことをさとった。姿勢が変わっていたのは、たんに凍りついていた体が部屋の熱であたたまってやわらかくなり、死後硬直《こうちょく》も解けてきたからだった。だが、目に生気《せいき》はなく、口からも息はもれてきていない。顔からはすでにデスマスクのように血の気が引きはじめていた。

シーグは背後にあったいすにくずれるようにしてすわりこんだ。そして、こみあげてきた涙をぐっとこらえた。泣いてもどうにもならないことはわかっていたからだ。

そのとき、とびらをノックする音が聞こえた。

すべての人間を平等《びょうどう》にしたのは、神でも独立宣言でもない。サミュエル・コルトだ。

発言者不明

一八九九年

ノーム

（アラスカ）

北緯六十六度

第五章　辺境地帯《へんきょうちたい》

彼らをこの地に連れてきたのは「欲」だった。そして今、その欲が彼らの命をうばおうとしていた。肌《はだ》を刺す冷たい風に吹かれて、渇望《かつぼう》にみちた目をし、エイナル・アンデションは入り江近くの海岸に立ち、泣いていた。この入り江から悪夢《あくむ》のすべてははじまった。すべてをまねいたのは、彼の欲と彼の弱さだった。そして今、彼は自分の罪《つみ》から必死に目をそらそうとしていた。

エイナルは凍傷《とうしょう》にならないよう、まつげとほおに凍りついた涙《なみだ》を、アザラシの毛皮でできた手袋をはめた手でぬぐった。

船はすでに、水平線近くにまで遠ざかっていた。

エイナルは船長に懇願《こんがん》した。なさけを乞《こ》い、とりすがり、じゅうぶんな礼をするとうそまでついたが、船長は首をたてにはふらなかった。

船長は悪い男ではなかった。それはエイナルにもわかっていた。悪い男ではないが、がんこな男だった。だが、それはもしかすると、北の海を航行《こうこう》する船の船長として欠かせない資《し》質《しつ》なのかもしれない。

すくなくとも船長はエイナルに話をする機会をあたえてくれた。信仰心《しんこうしん》ということばがすてさられたこの地では、たいがいの人間は、そんなささいな親切すら他人にほどこそうとしない。だが、船長は、沖あいに停泊《ていはく》する船にむかう最後のボートに乗りこむ前に、浜辺でエイナルの話を聞いた。

「エイナル、いったいわしにどうしろというんだ？」

船長はぶあつい手袋をはめた手をエイナルの肩に置いた。エイナルはその手をはらった。

「妻は死にそうなんだ。どうしてわかってくれない？　死にかけてるんだぞ」

船長は海岸の霜《しも》におおわれた石を見つめ、首を横にふった。そして、ボートのほうをむき、水夫たちに大声で指示を出すと、エイナルにむかって静かにいった。

「残念だが、おまえのかみさんはもう助からないだろう。神のご加護《かご》があるよう祈ってるよ」

船長はエイナルに背をむけ、ボートまで歩いていこうとした。エイナルはそのうでをぐっとつかんだ。

「待ってくれ！」エイナルはさけんだ。「おねがいだ！　あと一日か二日あれば、妻は動けるくらい回復するかもしれない」

船長はつかまれているうでを引くと、エイナルをにらみつけた。

「いったいわしにどうしろというんだ？」船長はくりかえした。今度は声に怒気《どき》がにじんでいる。そして水平線にむかって手をつきだした。

「おまえのかみさんの命とあの船の上の二百五十人の命を天秤《てんびん》にかけさせるのか？　わしにいちかばちかの賭《か》けをしろと？」

エイナルは口をひらいたが、いうべきことばを思いつかず、ふたたび口を閉じると、船長が細長いボートの船尾《せんび》に乗りこむのをだまって見つめた。船長を乗せると、水夫たちはすぐにボートを凍りかけている海へとこぎだした。急激《きゅうげき》な冷えこみのせいで、すでに潮《しお》の流れもおそくなりはじめている。

船長は知っていた。そして、エイナルも知っていた。まもなく、海水の動きがまったくなくなり、海は完全に凍りついてしまうことを。海岸近くでは波が奇妙《きみょう》なかたちのまま凍り、沖へ行くほど海面はなめらかな氷床《ひょうしょう》となって、二、三週間もすれば、ノートン湾はすっかり氷におおわれ、ベーリング海も凍り、八百キロはなれたプリビロフ諸島《しょとう》まで一面の氷原となる。

エイナルは船が遠ざかっていくのを見つめた。

今年最後の船。次の船が来るのは七か月後だ。春の終わりになり、氷が解けるまで船は来ない。

船はどんどん小さくなり、やがて動いているのかどうかすらわからなくなったが、それでもそのすがたは刻一刻《こくいっこく》と小さくなっていった。昼前で、あたりはしんとしずまりかえっていたので、音はかんたんに海をわたってきた。今ごろ、船が鳴らす鐘《かね》の音が聞こえ、エイナルははじめて今日が日曜であることを思いだした。今ごろ、船では牧師が信者たちを甲板《かんぱん》のすみにあつめ、神に祈りをささげていることだろう。南へ三千キロ以上はなれた目的地までぶじに航海できることをねがって。

エイナルは船が遠ざかっていくのを見つめていた。そして、彼自身にもまた、ある種がんこな部分があったので、心にこう誓《ちか》っていた。これから七か月のあいだになにがあったとしても、次の船が着くときには、かならずこの海岸に立っているぞ。たとえこのままマリアを看取《みと》ることになったとしても、来年の五月にはこの海岸に立っていてやる。まるでここを一歩も動かなかったような顔をして。

気づくと、船はもうどこにも見えなくなっていた。

エイナルは海に背をむけ、ノーム岬《みさき》採掘《さいくつ》キャンプを見た。数十のテントが張られている。そして、下見板を張った小屋が数軒《すうけん》、まるでここが町でもあるかのように、フロントストリートなどという楽天的な名前のつけられた場所にならんでいる。

ここがこれから七か月、エイナルと家族が暮《く》らす場所だった。ここにある小屋のひとつが彼らの家だ。テントではなく小屋なのがせめてもの救いだ。一家はなんとかこの冬を生きのびることができるかもしれない。マリアがどうなるかは知るよしもないことだったが、エイナルは子どもたちのことを考えると、不安が押しよせ、息がつまりそうになった。小さなアンナはまだ十歳だ。そして、ああ、息子《むすこ》のシーグフリードはまだほんの五歳だ。エイナルはこうべを垂《た》れ、海岸を歩いた。船が鳴らす最後の鐘の音が聞こえる。欲がエイナルをこの地へ連れてきた。彼らに救いをもたらすのは信仰心だけだろう。

暴徒《ぼうと》と殺人鬼が時代を支配しているように見える。真の支配者はリボルバーだ。勝者はリボルバーなのだ。

詩人ウォルト・ホイットマン　一八五七年

一九一〇年
ギロン
北緯六十八度

第六章　日曜日　朝

「息子《むすこ》か?」

　第一声として発せられるには奇妙《きみよう》なことばだった。こちらの名をたずねるわけでも、自分の名をなのるわけでもなく、いきなり質問をしてきたのだ。おまえはエイナル・アンデションの息子か、と。

　シーグはとびらをノックしてきた男の顔をあおぎ見た。とびらをノックされることじたいがめずらしかった。この家のとびらをノックする者などふだんはまったくいない。この地に越してきてからの三年間で、来客があったのは一度だけだった。鉱山《こうざん》の所有者である、話好きなペール・ベルイマンが、ある日曜にエイナルと昼食をともにするためにたずねてきたのだ。それも前もって約束された訪問《ほうもん》だった。

　ほかにだれかが立ちよったことはなかった。家族がもどってきたときには、玄関《げんかん》に近づくブーツの足音でだれだかわかった。

「アンデションの息子か？」

シーグはだまったまま、男を見つめた。男はシーグを押しのけてなかに入ってこようとしたが、シーグは無意識《むいしき》のうちに内側から足を押しあてて、とびらが必要以上に開かないようにしていた。男の体にとびらが押されたが、シーグの足がつかえになった。

男は巨人のように大きかった。そして男の背後《はいご》には巨大な馬が、家と犬小屋と納屋《なや》にかこまれた小さな庭にきゅうくつそうに立っていた。鼻息が大きな蒸気《じょうき》のかたまりとなって朝の空気のなかにのぼっていくのが見える。森からは、木々の枝についた霜《しも》がパチパチとはじける音がし、凍った湖のむこうからはカラスのかん高い鳴き声が聞こえてきた。今年はじめて聞くカラスの声だった。

男の顔は、これまでにシーグが見た、どの顔とも似かよっていなかった。長いあいだ、世界のへりを旅し、さまざまな人々を見てきたが、そのなかのだれとも似ていなかった。エスキモー族にも、アサバスカ族にも、サモディ族にも、サーミ族にも、とびらの前に立つ男は似ていない。男の顔はみにくかった。目ははなれ、鼻は横にひろがり、口からあごにかけては、白いもののまじった赤褐《せっかっしょく》色のもじゃもじゃのひげにすっかりかくれている。そして、男が毛皮の帽子を取ると、髪がすっかり剃《そ》られた頭が出てきた。頭の形もいびつで、後頭部は平たく、耳はかなり小さい。男の顔はどう見ても、愛にあふれる神の手によってではなく、悪魔《あくま》の金づちによってくりかえし打たれ、つくりあげられたものだった。

男は片手の手袋をはずし、とびらのふちに肉のかたまりのようなこぶしを押しあてた。その気になれば、こんなとびらは蝶番《ちょうつがい》ごとかんたんにはずせてしまうだろう。シーグは男の左手の親指がないことに気づき、口のはしがひきつった。

「どなたですか？」シーグは男のみにくい顔から視線をそらすと、沈黙《ちんもく》をやぶってたずねた。

「ぼくらを助けるために来てくれたんですか？」

シーグは男の大きな体ごしに犬小屋のほうを見た。助けを連れてもどったアンナとナディアが犬たちを小屋にいれているのを期待したが、ふたりのすがたはどこにもなかった。

家のなかをのぞこうと、男が体を前にかがめたとき、まるで新しい登場人物を送りだすために舞台の幕がさっと引かれたかのように、黒革の重いオーバーコートが横にゆれた。するとそのまっ暗な陰《かげ》のなかに、男の腰《こし》にさしこまれたリボルバーの握《にぎ》り部分がちらりと見えた。

「エイナルは？」男はいった。それだけで話はつうじた。

「あの、いいえ」シーグはパニックをおこしそうになりながら、いそいでこたえた。「今はいません。出かけていますす」

男はまだシーグの肩ごしに家のなかをのぞきこんでいる。

「帰りは？」

シーグは訛《なま》りから男がどこの出身かを知ろうとしたが、男は短いことばしか発しないので、見当のつけようがなかった。もしかすると北国の出身かもしれない。でも、アメリカ人の可能性だってある。オランダ系アメリカ人だろうか。ひょっとするとドイツ人かもしれない。だが、男はシーグの答えを待っていた。答えをひきのばせばひきのばすほど、うそがばれる可能性は高くなる。

「わかりません。おそくなるかもしれません、もしかすると」

「待つ」

一瞬《いっしゅん》、男はずかずかと小屋のなかに入ってくるかのように見えたが、そうはせずにきびすをかえし、ゆっくりと馬にまたがると、鞭《むち》をふるい、馬を歩かせた。男はまっすぐ前をむき、町へつづく道を見つめていた。だが、シーグがとびらを閉めようとしたとき、こちらをふりかえっていった。

「ひとりか？」

どういうわけか、シーグは今回はうそをつくことができなかった。

「はい」シーグはこたえたが、そのことばはほとんどのどの奥《おく》で消えてしまっていた。

男はうなずいた。

第七章　日曜日　正午

なにが原因で自分が死んだのか、人はけっして知ることはないのかもしれない。自分を死に追いやるものが近づいてくることにまるで気づかず、まさしく、晴天のへきれきのように、あるときとつぜんおそわれてしまうのかもしれない。

あるいは、死が近づいていることをうすうすは感じとるのかもしれない。原因はもしかすると自分の欲だと、強い復讐心《ふくしゅうしん》だと、破滅《はめつ》につながるような盲目的《もうもくてき》な信仰《しんこう》だと思うのかもしれない。

それともはっきりと目にするのだろうか。死が青ざめた馬にまたがって、自分のほうにまっすぐむかってくるのを。

シーグは午前中ずっと、シャベルで雪をかき、その下の凍った地面に穴を掘《ほ》ろうとしていた。雪はすぐにどけることができたが、一時間、かたい地面と必死で格闘《かくとう》した結果、とうとうシャベルの刃が音《ね》をあげて折れてしまった。古い金属が寒さでいたんでいたうえに、地面はまるで敵意《てきい》をいだいているかのようなかたさだったのだ。

男が帰ってから、シーグはしばらく部屋のなかで立ちつくしていた。見つめれば見つめるほど、父親の遺体《いたい》から視線をそらすことができなくなっていった。とつぜん、きのうの光景《こうけい》が頭によみがえってきた。シーグの頭のなかで、父親の体は、あのトナカイの死がいのように、飢《う》えたカラスたちにつつかれ、あばらがむきだしになり、そのあばらの下にもすでに深い穴がひろがっていた。シーグはいたたまれなくなり、小屋を飛びだすと、シャベルを見つけてきて、きのうまでは父親だったあのもの、、を埋《う》めようと穴を掘りはじめたのだった。

つかれはてたシーグはしゃくりあげながら、雪のなかにへたりこんだ。手はまだ、父親の墓《はか》にするつもりの穴をひっかきつづけていた。穴はいまだに直径三十センチほどの大きさしかなく、深さは二十センチあるかどうかだった。シーグは怒りにまかせて、シャベルの柄《え》を犬小屋のうしろになげすてた。そして、折れた刃もなげようとひろいあげたが、とつぜん怒りがすっと消え、シーグは足もとの雪の上に刃を落とした。

でも、いったいあの遺体をどうしたらいいんだろう。

今ごろはもう、姉さんもナディアも帰ってきていておかしくないはずじゃないか？　すくなくとも姉さんは帰っていていいはずだ。ナディアだってそうだ。そうさ、もちろんナディアだってもどってくる。

だが、そのとき、シーグの頭に、嫉妬《しっと》が原因でふたりの女たちがいいあらそうすがたがうかんだ。ふたりの目は憎《にく》しみにみちている。悪意のこもったことばでののしりあう声までが聞こえた。そんなはげしいけんかがくりひろげられているとき、シーグは目の前にいるのが、いつも陽気に歌をうたっている姉だとは信じられなかった。まだ若く、むじゃきなシーグには、どうしてふたりが遠い昔に死んだ母親をめぐっていがみあうのかが理解できなかった。アンナは容赦《ようしゃ》のないことばでナディアをせめ、真実ではないことでナディアを批判《ひはん》した。そう、姉さんのいっていることは真実じゃない。だけど、それならなぜ、今、ナディアはここにいないのだろう？

シーグはかぶりをふって立ちあがると、うたがいをふりはらった。

もし、ナディアが出ていきたいと思っていたのなら、この二年のあいだに、いつでも出ていくことはできたはずだ。それに、ナディアが父さんの財産目あてでここにとどまっていたんじゃないことははっきりしている。だって、ぼくらにはなにもない。この小屋もぼくたちのものじゃない。道具類も食べものも、みんな鉱山のもの、会社のものだ。ベルイマン社がなにもかもを所有しているのだから。

姉さんもナディアも、すぐにあの小道からすがたをあらわすはずだ。手を貸してくれる会社の人たちを連れて。そうシーグは自分にいい聞かせた。

シーグはよろよろと小屋にもどった。体はすっかり消耗《しょうもう》しきっていた。ブーツから足を引っぱりだすと、うしろ手で部屋のとびらを閉める。テーブルに横たわる父親のほうは見まいとしたが、どうしても見ずにはいられなかった。シーグは苦肉《くにく》の策《さく》として、父親とナディアのベッドから毛布を引っぱってくると、遺体の上になげかけた。そのとき、父親の目を見ないようにしようとしたが、だめだった。目はまだ開いていた。シーグはおそろしい考えにとらわれた。ひょっとすると、父さんは死後の世界からぼくを見つめているのかもしれない。

遺体をすっぽりおおってしまうと、シーグはもっと自然な姿勢《しせい》になるように遺体のむきを変えた。それから、死者をつつむ布としてふさわしいように、そっと毛布をかけなおした。

心のなかで父親の死をなげきながら、ふと、ストーブに目をやると、火が燃えつきようとしていた。薪《まき》を取りに行かなくちゃ。シーグがとびらのほうをふりむいたとき、窓の外に人のすがたが見えた。

まるで額《がく》ぶちに入った油絵のように、窓わくのなかに、馬にまたがるあの男が見えた。男の馬は青白かった。

ガラスのむこうから男はまっすぐシーグを見つめていた。男は片足をふりあげ、馬からおり立った。シーグはふたたび、ニッケルの銃把《じゅうは》の背がきらりとひかるのを見た。

男はゆっくりとした足どりで、小屋の玄関のほうに歩いてきた。

この者たちは、黄金への欲で正気をうしなっている。なんらかの規制《きせい》をくわえないかぎり、状況は絶望的《ぜつぼうてき》なものとなるだろう……八か月もの間、一千五百キロの横断不可能な氷原によって文明から隔離《かくり》された採掘《さいくつ》キャンプが、どこまで深い堕落《だらく》の淵《ふち》に落ちるのか、あなたがたにはおそらく想像《そうぞう》がつくまい。

ジョン・G・ブレイディ
アラスカ地区知事
一八九七〜一九〇六

一八九九年
ノーム
北緯六十六度

第八章　信仰心《しんこうしん》

「神がわたしたちをお守りくださるわ」

エイナルはいつも思いだした。最後の船が自分たちを置きざりにして出航《しゅっこう》したことを知ったとき、妻のマリアが最初に口にしたことばを。

エイナルは金《きん》を求めてこの地に来た。長くとどまるつもりはなかった。こんなことが長くつづくはずがないのをエイナルは知っていた。クロンダイク（訳註：カナダのユーコンテリトリー中西部の金産地。一八九七年のゴールドラッシュで知られる）のときと同じで、世界じゅうがここにある金のことを知るようになるころにはおそすぎるのだ。いい金脈はもうすべて掘《ほ》りあてられており、土地はすでにだれかのものになっていて、濡《ぬ》れ手で粟《あわ》の大もうけははかない夢となっている。のこされているのは、自然と人間の両方によってもたらされる危険《きけん》にみちた世界での過酷《かこく》な生活だ。もちろん、ときおり、わずかな金を見つけることはあるだろう。楽して金をもうけるという愚《おろ》かな夢を、巨万《きょまん》の富を手にいれて、死ぬまで安楽な暮《く》らしをつづけるという夢を見つづけるのにぎりぎりな量の金を。だが、現実には一週間暮らしていくにも足りない量の金を。

「ああ、そうだな」エイナルは仮ごしらえの小屋のベッド脇《わき》の床に腰《こし》をおろし、マリアのひたいをなでた。息子《むすこ》のシーグは母親の足もとにまるくなっている。眠る場所がほかにないのだ。アンナはぼろぼろになった人形をだいて立っている。霜《しも》にふちどられた窓《まど》の外を見ようと、ぴょんぴょん飛びはねながら、ときどき母親のようすをぬすみ見ては、いやなことは考えまいとしていた。

「ああ、そうだな」エイナルはおだやかな声でいった。「神がおれたちをお守りくださるさ」

マリアの熱はまた高くなっていた。体は冷たい風に吹かれているかのようにふるえているというのに、顔からは汗がふきだしている。とつぜん、マリアはびくっと体を動かすと、顔をしかめ、すぐに目を閉じた。

「アンナ」エイナルは娘に声をかけた。「ストーブの火を見てきてくれ」

アンナは母親をじっと見つめていて、父親のことばが耳に入っていなかった。

「アンナ！」エイナルはもっと大きな声を出した。「アンナ、火に薪《まき》をくべてくれ。母さんの体をあたためてやるんだ」

それでもアンナは父親のいうことを無視《むし》していた。ぴょんとはねて体重を片足にうつし、人形のぼろぼろのドレスと、馬の毛でつくった髪がまばらにのこる木製の頭をなではじめた。

「アンナ！」エイナルはどなった。

アンナはおどろいて兵隊のように姿勢《しせい》をただしたが、それでも動かなかった。シーグが目をさまして泣きだす。

エイナルはののしりことばを口にし、かぶりをふった。

「アンナ」エイナルはおだやかな口調《くちょう》にもどって、いった。「アンナ、弟を見てやってくれ、父さんは火を見てくる」

アンナはうなずき、人形をむきだしの木の床に落とすと、小さな弟をだきあげた。アンナは十歳にしては背が高く、シーグは五歳にしては体が小さかったので、アンナは弟を赤んぼうのようにかかえ、歌をうたってやった。そして、うでがしびれるまでだいていた。

弟をおろし、ふと母親のほうに目をやったアンナは、母親が口もとに弱々しい笑みをうかべ、自分を見ていることに気づき、おどろいた。

「神を信じなさい」マリアは小さな声でいった。とても小さな声だったので、アンナには母親のいっていることがはっきりとは聞こえなかった。

第九章　凍りつく海

一八九九年から一九〇〇年にかけての七か月、ノームは世界でほかに類を見ないほどきびしい冬に見まわれた。

海が凍ると、とてつもなくうつろな静寂《せいじゃく》が町を支配した。ぶきみなほどの静けさで、ささいな音が異常なくらい遠くまでひびきわたる。海はかたく凍りついたので、はるか遠くからつたわってくる氷のすさまじい圧力が、巨大な氷の厚板をいくつも海岸に押しあげた。かさなりあった氷の板は、高さが六メートルから九メートル、ときには十五メートルに達することもあった。エスキモーたちはこの氷の板をイヴ、つまり「跳《と》ぶ氷」とよぶが、エイナルは、この荒廃《こうはい》した世界――彼は愚《おろ》かにもそんな場所に家族を連れてきてしまった――のぶきみな前兆《ぜんちょう》のひとつととらえていた。

エイナルのいとこが、いわゆる「三人の幸運なスウェーデン人」のうちのひとりと友人であったことは、はたして神のよきはからいだったのだろうか、それともこらしめだったのだろうか。その幸運なスウェーデン人たちは悪名高き三人組で、エスキモーの代替食糧《だいたいしょくりょう》としてトナカイを繁殖《はんしょく》させるために、この地に送られてきた男たちだった。しかし、彼らは任務《にんむ》をまっとうするかわりに人間の頭ほどもある金塊《きんかい》を見つけてしまったのだ。

はたしてよきはからいだったのか？　こらしめだったのか？

エイナルと彼の家族はその夏、最初の船でノームに入っていた。早いところ金鉱脈《きんこうみゃく》をさがしあて、おおぜいの人間がわたってくる前に引きあげるつもりでいた。だが、エイナルはなにもさがしあてることができなかった。そして、冬が間近にせまったころ、マリアが病気になり、一家はこの地にのこらざるをえなくなった。家族をささえるために、エイナルにできることはなにもなかった。寒さが本格的になるまでは、まだ、男たちは金をさがしつづけた。といっても、できることは、あの三人のスウェーデン人たちのような成功を夢見て、海岸をうろうろするくらいのことだったが。しかし、エイナルにはそれすらできなかった。家族のもとをはなれるわけにはいかなかったのだ。

ノームには、エイナル以外に子どもを連れてわたってきた男はいなかった。そして、マリア以外に白人女性はいなかった。すでに、地元の女をめぐってのあらそいで、ひとりの男が死んでいた。だが、そんな事件がなかったとしても、娘のアンナに弟と母親の面倒《めんどう》をまかせて小屋をはなれることができるのはせいぜい一時間だった。

その週の終わりちかくに、またひとりの男が犬小屋の裏《うら》でのどをかき切られて死んでいるのが見つかった。わずかな量のタバコがそもそもの原因らしい。

だから、一家は小屋から一歩も出ずにいた。そして、石炭が一トン百ドルに、卵が一ダース十ドルにまで値あがりすると、エイナルは全財産の二十ドルをはたいて、うすくて幅広い箱を年老いた男から買った。老人はその二十ドルを、のちに〈デクスターの酒場〉となる建てかけの店で、ウィスキーに変えてしまった。

父親が箱をかかえ、荒々しい足音をたててもどってくるのを、アンナはじっと見つめた。

「父さん、それ、なあに？」アンナは目を大きく見ひらき、ささやき声できいた。

マリアが目をさまし、体を起こした。母親が体を動かしたので、足もとで寝《ね》ていたシーグも目をさました。シーグは幼いころの記憶《きおく》はほとんどのこっていないにもかかわらず、そのときのことは今でもはっきりとおぼえていた。この先もけっしてわすれることはないだろう。

シーグはおぼえていた。父親がもち帰ってきたものを見た母親の顔にうかんだ表情を。だが、その表情をことばでいいあらわすことができたのは、それから長い月日がたってからだった。そのときの母親の顔にうかんだものは絶望《ぜつぼう》だった。

「なあに、それ？」アンナはくりかえした。「食べるもの？　今ある食べものがなくなったら、それを食べるの？」

「いいや」エイナルはつぶやいた。「食べるものじゃない。信仰心がなくなったら、必要になるものだ」

第十章　閉所熱《へいしょねつ》

世界について知ることができることはなんでも知っておけ。どんなことでもだ。人間について、人間がすることについて、なんでも知っておくんだ。自分にとって神とはなにかを理解しろ。愛する者たちにとって自分がどんな存在なのかをわかっておけ。愛し、歌い、泣き、戦え。だが、どんなときも、自分の立っている大地の上に存在するものすべてについて、どんなことでも知ろうと努力しろ。その努力を死ぬまでつづけるんだ。

エイナルとマリアのどちらも、同じことをシーグに教えようとした。だが、ふたりは同じことをまったくべつのやりかたで教えた。そして、ときに、世のなかすべての親たちと同様に、ふたりとも結果的に子どもたちになにも教えられないこともあった。

その冬のうちで夜がもっとも長かった時期、太陽は空にのぼりはするものの、二、三時間でしずんでしまうというようなころに、アンデション家の小屋のベッドの下からとうとう食糧がつきた。

マリアは浅い眠りについていた。枕もとには聖書が置かれていて、ぼろぼろの黒革の表紙のあいだで金ぶちのページがかがやいていた。

午後五時ちかく、まっ暗なやみにつつまれたフロントストリートを、エイナルは酒場にむかった。右手をアザラシの皮のオーバーの下にいれ、ズボンのウエストにはさみこんであるものをにぎったり、はなしたりしている。

アンナは歩いていく父親を、窓の内側に張った氷をこすり落としてつくったのぞき穴から見送っていた。シーグはテーブルのそばに立ち、父親がふたを開けたまま置いていった箱のなかをのぞきこんでいた。シーグの背はかろうじてそのなかが見えるほどの高さだった。箱の内側には、ほこりっぽく毛足の短いビロードがしかれている。まんなかの大きくて細長い三角形の穴にはなにも入っていなかったが、まわりの小さな穴には、それぞれ、見なれない金属部品や、小さなブラシや油の入った小さなびんがおさまっていた。

シーグはうっとりとした顔で箱のほうに手をのばした。

「シーグ」アンナが窓辺から弟によびかけた。「さわっちゃだめ。ここに来て、お姉ちゃんといっしょに外を見よう」

シーグの手はしばらく箱の上でとまっていたが、すぐにいわれたとおりに、姉のいる窓辺へちょこちょこと走っていった。

「父さんはどこ？」すこしして、シーグはきいた。

「出かけたわ」

「どこに？」

「さあ」

「食べものを買いに行ったの？」

アンナはだまった。ふたりはまだ窓の外を見つめていた。

「うん」アンナはいった。「たぶん、そうだと思う」

第十一章　ピースメーカー

事態《じたい》はこのようにして動きだした。

建設とちゅうのその酒場はうすぎたなく、なにもかもがまにあわせのつくりで、けんかとギャンブルとぬすみと飢《う》えがはびこるノームの町のはき溜《だ》めだった。冬のあいだ、この採掘キャンプからのにげ道はないので、金をもっている者や金脈を掘りあてた者ですら、食糧も酒も、存在しなければ買えないことをすぐにさとった。そして、この酒場はその両方が手に入る最後の場所となっていた。

酒場につくと、エイナルはカウンターにむかった。客の何人かが彼のほうに目をやったが、ほとんどの者は自身のかかえる問題で頭がいっぱいで、ふたりの子どもと堅気《かたぎ》の女をこの地獄《じごく》のような場所に連れてきた愚か者のことなど気にする余裕はなかった。

エイナルはカウンターの前に立った。カウンターといっても、ふたつのきたない樽《たる》の上に三枚の厚板を釘で打ちつけただけのものだった。

ジャックという名の愛想《あいそ》のないやせた店主が、サンフランシスコの高級酒場でマホガニー材のカウンターをふいているかのように気どったようすで厚板のカウンターをふきながら近づいてきた。

「エイナル、なんにする？」

「酒をくれ」

「ウイスキーか、それともジンか？」

「ジンを」

ジャックはラベルのないびんときたないグラスを荒っぽく置いた。エイナルはグラスに酒をいきおいよくついだ。手がふるえ、びんの中身が木目の荒いカウンターにこぼれる。

「おい」ジャックがいった。「むだにできる酒は一滴《いってき》もないんだぞ」

ジャックはぶつぶついいながら、こぼれた酒をふきとった。そのあいだにエイナルは一気にグラスをほし、カウンターに置くと、すぐにまたびんから酒をそそぎはじめた。

「一ドルだ」ジャックはいい、エイナルがまた中身をこぼさないうちにその手からびんをうばいとった。

「そいつも合わせると二ドルだ」ジャックはつけくわえた。

エイナルはグラスを口にもっていき、またひと息に飲みほした。

「ジャック、金はない」エイナルはしずかにいった。

「なんだって？」

「金はないっていったんだよ。金《きん》もない。食べものもな。妻がいて、娘と息子もいるが、金はまったくない」

「飲んだ分ははらってもらわなきゃこまるな」ジャックは顔をくもらせた。「二杯分《にはいぶん》きっちりはらってもらうぜ。さもなきゃ、どうなるかわからんぞ。金をはらわないやつは」

エイナルは肩をすくめた。

「おい！」ジャックはどなり、エイナルのそでをつかんだ。

「どうしたんだ？」肩ごしに声がした。エイナルがふりむくと、顔に見おぼえはあるが、名前は知らない男が立っていた。

「こいつが飲みしろをはらおうとしないんだ」ジャックはどなった。

「そうなのか？」男はいった。男の声は冷静で、顔は無表情だった。

ジャックはエイナルのそでをつかんだままだったが、エイナルがもう片方の手をゆっくりと腰にまわし、オーバーの下で銃《じゆう》の握《にぎ》りをまさぐっていることには気づかなかった。

とつぜん、エイナルは体が回転するのを感じた。名前も知らないその男が、まるでびんのふたをひねるようにあっさりと、エイナルの体を回転させたのだ。カウンターになにかをたたきつける大きな音がひびき、すこしたってから、今度はチャリンという軽い金属音がした。

「あんたがさぐっていたのはこいつか？」男はエイナルをにらみながらいった。

カウンターの上にはエイナルのリボルバーがのっていた。男がたたきつけたときのいきおいで、銃はまだふるえていた。となりには一ドル銀貨が三枚置かれている。男は銀貨をジャックのほうに押しやった。

「二枚はこいつの飲みしろだ。のこりの一枚でおれに一杯くれ」

ジャックはグラスに酒をつぐと、酒びんを手にして、ぶつぶついいながらはなれていった。

エイナルは銃に手をのばそうとしたが、男に手首をつかまれた。

「ばかなやつだな。いったいどういうつもりだ？　こんなところにこんなものをもってくるとは」

エイナルはまた肩をすくめて見せた。

「あんたはなんに対してもそれでこたえるのか？」

「なにをいえばいいかわからないんだ」エイナルはいった。「おれは……どうすればいいかわからないんだ」

「それで、頭をぶちぬかれようと思ってここに来たのか？」

「いや……」

「ちがうのか？　じゃあ、たったひとりで強盗《ごうとう》でもやってのけるつもりだったのか？　この場所でだれかが銃の引き金を引けば、店じゅうの銃が火を吹くさ。それで、ここにいる人間はひとりのこらず死ぬはめになる」

　男はエイナルの銃を手に取った。

「コルト・シングル・アクション・アーミー、一八七三年型。通称《つうしょう》ピースメーカー」男は笑みをうかべた。「もう二十年ちかく前のものだな」

「ずいぶんくわしいんだな」エイナルはしぶしぶみとめた。

「エイナル、おれが知ってるのは銃の種類だけじゃない。銃がどんなものかも知ってる。殺すつもりか、殺されるつもりじゃないかぎり、こんな場所にもってくるべきじゃないって判《はん》断《だん》がつくくらいにな」

「いったい、おれにどうしろっていうんだ?」エイナルはいった。怒りに声がふるえていた。

　男はほほ笑みをうかべた。

「すこしは神を信じろ」男はいった。

「妻にもいつもそういわれる」

「奥《おく》さんはただしいな」

「妻は死にかけてる」

「知ってるさ。奥さんは死ぬかもしれないし、死なないかもしれない。だが、いずれにせよ、あんたにはかわいいふたりの子どもがいる」

　エイナルの目に怒りがうかんだ。だが、男はエイナルを制止《せいし》するように片手をあげた。

「落ちつけ、エイナル。だれもあんたの子どもたちを傷つけるつもりはない。それに、あの子たちが飢え死にすることもない」

「どうしてそんなことがいえる？」

「おれがあんたに仕事をやるからだ」

第十二章　静けさ

「春から働きはじめる」エイナルは小屋にもどると、マリアに説明した。「ソールズベリーさんは、政府《せいふ》の役人なんだ。ブレイディ知事がゴールドラッシュのことを聞きつけて、彼をノームによこしたらしい。ナイフで刺された男のことはおまえにも話したろう？　そいつは鉱石分析官《こうせきぶんせきかん》になる予定だったんだ。だから、今、政府はその仕事をする人間がいなくてこまってるそうだ」

「鉱石分析官って？」アンナがたずねた。

「金をしらべる人間のことさ。見つかった金がどれくらい純粋《じゅんすい》かをしらべる。金は純度が高ければ高いほど価値がある。鉱山のある町には鉱石分析所が必要なんだ。この町にもできる。父さんはそこで分析官として、金の純度をしらべ、重さをはかり、値をつける仕事をする」

マリアがにっこりほほ笑んだ。

「でも、春までのわたしたちの生活はどうなるのかしら」

「ソールズベリーさんが金をいくらか融通《ゆうずう》してくれた。あとで食糧ももってきてくれるそうだ。これでもうおれたちは心配ない。おれたちは……」

エイナルはそこで急にことばを切った。妻の血の気のない顔を見おろす。目は焦点《しょうてん》があっていない。エイナルにはいうべきことばが見つからなかった。

「だいじょうぶよ」マリアはささやいた。「だいじょうぶ。なにもかもうまくいくわ。見ていて。わたしがただしいことがすぐにわかるから。神の力を信じるのよ」

エイナルはほほ笑んだ。マリアは全身の力をふりしぼって体を起こした。

「でも、どうしてその方はあなたをえらんだのかしら」マリアがたずねた。

「ああ、そこだよ。彼がいうには、こんな場所で信用できるのは、うしなうものが多い人間だけらしい。だからおれをえらんだんだそうだ」

マリアはぽかんと夫を見つめた。

「おまえたちだよ」エイナルはそういうと声を出して笑った。「おまえとこの子らのおかげさ。家族のいる男は信用できると彼はいったんだ。そうさ！　けっきょく、このふたりが役にたってくれたというわけだよ」

エイナルはアンナを自分のほうへ引きよせ、だきしめた。父親のかたいあごひげがほおをくすぐり、アンナはくすくす笑った。

「おいで、わが息子よ」エイナルは小さなシーグにむかっていった。「さあ、おまえに仕事をやろう。これをあの箱にもどしておくれ。慎重《しんちょう》にあつかうんだぞ、わかったか?」

エイナルはズボンのウエストからコルト銃を引っぱりだすと、シーグにわたした。シーグは父親にむかって、にっこりほほ笑んだ。それから幼い少年にはそぐわない、こっけいなほどしかつめらしい表情をうかべ、任務をはたすためにゆっくりとテーブルにむかって歩きはじめた。まるで夢のようにはかないものをあつかうように、銃を前にかかげもって。

「エイナル!」マリアがさけんだ。「やめて! あの子にそんなものをさわらせないで。ぜったいにだめよ。銃は悪よ。悪だわ、エイナル」

エイナルは声をあげて笑った。

「男の子は幼いうちから銃に対する敬意《けいい》を学ばなくちゃならないんだよ」

「いいえ」マリアはいった。怒りが急速に彼女の体を消耗《しょうもう》させた。「いいえ、学んではいけないわ……わたしの子どもは邪悪《じゃあく》なことを知ってはいけないの。この子たちが学ぶべきことは愛と神のご加護《かご》を信じることよ」

シーグがエイナルのもとへかけもどってきた。

「やったよ!」シーグはうれしそうにさけんだ。「ぼく、やったよ!」

「よし、いい子だ」エイナルはシーグのぼさぼさの金髪をくしゃっとかきあげた。

マリアはなにもいわず、壁のほうに顔をそむけた。

「いい子だ」エイナルはくりかえした。

「父さん」シーグはとまどったような表情をうかべていった。

「なんだ？」

「あの箱のなかのもの」

「ああ」

「あれ、なあに？」

第十三章　荒野《こうや》の呼び声

「愛しなさい」マリアは病《やまい》にふせって以来はじめてベッドを出た日に、子どもたちにいった。黒革の聖書を手に取り、まるでその書物が自分のかわりに語ってくれるとでもいうようにふりかざす。「神はわたしたちに多くの徳をしめしてくださるの。とりわけ、信仰心と希望と愛について教えてくれる。もっともつらいときに神がわたしたちのそばにいてくださったのは、わたしたちが信仰心をもっていたからなの。ソールズベリーさんがあらわれ、お父さんに仕事をくださったのは、わたしたちが希望をもちつづけたからよ。でもね、信仰心も希望も、神の愛がなければ意味のないものなの。聖書はわたしたちに信仰心と希望と愛はいつまでも残ることを教えてくれる。この三つのうちもっとも偉大《いだい》なものは愛よ」

春は永遠《えいえん》にめぐってこないかのように思えたが、この数週間、到来《とうらい》のきざしがちらほらと見られるようになった。凍りついた海に、なぞめいた大きな音がひびきわたり、異様《いよう》なまでの静寂をやぶった。徐々《じょじょ》に割れはじめた氷のきしる音が、ときおり空気をふるわせた。空にはだんだんと鳥たちがすがたを見せるようになり、大勢のエスキモーが海岸沿いで野営《やえい》をはじめるようになった。彼らは慎重ながらもよろこんで鉱夫たちと取引し、新鮮《しんせん》な肉やアザラシの脂《あぶら》を提供《ていきょう》する見かえりとして、酒や金や宝石などを受けとった。

採掘キャンプの住民たちはどうにか冬を乗りきった。酒によって、あるいは銃弾《じゅうだん》によって、あるいは飢えによって命を落とした者たちもすくなからずいたが、マリアの病状は回復してきていた。

沖に船があつまりはじめた。

スウェーデン人が金鉱脈を掘りあてたというニュースは、いまや、ユーコンテリトリーやクロンダイクだけでなく、アメリカじゅうに知れわたっていた。アラスカにもっとも近い港町シアトルからだけでなく、遠くはなれたサンフランシスコからも、航行《こうこう》できるときを冬じゅう待ちわびていた船がぞくぞくとやってきた。

彼らは長いこと待ちつづけていたが、それでも到着《とうちゃく》するのが早すぎた。金にうめつくされていると彼らが信じてうたがわない海岸から六キロ以上沖まで、いまだに氷におおわれているのだ。五十隻《ごじっせき》、いや六十隻の船が、氷が割れるか解けるのを待っていた。

エイナルは毎日一時間ちかく海岸に立ち、停泊《ていはく》する船がじりじりと近づいてくるのをながめた。
ある日、かなり沖のほうの氷上から男のさけび声と犬たちの吠《ほ》える声が聞こえてきた。二か月ものあいだ船上ですごしていたせいで、目的地を目の前にしながら、さらに数日を氷にはばまれた状態で待ちつづけることにしびれをきらした者が出たのだ。

さけび声が大きくなったり、小さくなったりし、そりを引いて氷上を苦労して進んでくる犬たちの吠え声がエイナルのいるところまでとどいた。だが、しばらくすると、とつぜん、吠え声が消え、黒い点として見えていた犬たちとむこうみずな男のすがたも消えた。

しばらくのあいだ、近くに停泊していた船から見ていた人々のさけび声やどなり声がひびいてきたが、すぐにそれも消えていった。

エイナルはかぶりをふった。割れはじめた氷の上をわたろうだなんて、愚かにもほどがある。こんな軽はずみな行動をとる者は二度と出やしないだろうが、それにしても、なんて死にざまなんだろう。

最後の氷がついにパンの皮ほどのうすさになり、うねる緑の海がその下から今にも顔を出しそうになったころ、船は錨《いかり》をあげ、ぎりぎりまで海岸に近づいてきた。

去年の冬のはじめに最後の船が出ていった日に心に誓《ちか》ったように、エイナルはソールズベリー氏や、過酷な冬を生きのびた男たちのうちの数人とともに浜辺に立ち、何艘《なんそう》ものボートが岸までの最後の一キロを氷をよけながら進んでくるのを見ていた。

蝿《はえ》の群れのようなかぞえきれないほどのボートが、みるみるうちに近づいてきて、ガリガリと音をたてて石だらけの浜に乗りあげた。ボートをおりてくる人々のなかに、この地で冬越しした男たちの目にうかぶ絶望の色や、顔ににじむ苦悩《くのう》と疲労《ひろう》に気づく者はだれひとりとしていなかった。

人々は狂犬病にかかった犬のように海岸を走りまわり、おたがいを押しのけながら、石をひっかきまわしたり、地面につるはしをふりおろしたりして、ただで手に入ると約束されていた金をさがし求めた。みな、わざわざさがしに行かなくとも金は海岸にころがっていると思いこんでいた。

さわぎがおさまってきたころ、人々が自分のおかしたおそろしいあやまちに気づきはじめたころ、鉱夫らしき年老いた男がエイナルとソールズベリー氏のところに近づいてきた。

男はかぶりをふると、ふたりの前でへなへなとしゃがみこんだ。

「すべてうそだったのか！」男はさけんだ。

ソールズベリー氏は片手をさしだしたが、まにあわなかった。男はすでにピストルを取りだしていた。

そして、自らの頭を撃《う》ちぬいた。

エイナルがその男のすがたを目にしたのはそのときがはじめてだった。

巨人のような大男、人間のすがたをした熊。凶暴《きょうぼう》な目つきをしていて、毛むくじゃらで、にぎったこぶしは肉のかたまりのようだった。男は、さわぎたてる烏合《うごう》の衆《しゅう》のあいだをぬうようにして歩いてきて、流木をまたぐかのようななにげなさで自殺した老人の死体をまたいだ。

男はソールズベリー氏の顔をじっと見つめ、片方の手袋を引っぱりはずすと、太くて短い指を氏にまっすぐつきつけた。

「一杯ひっかけられる場所はあるか?」男はうなるようにいった。

エイナルは男の左手に親指がないことに気がついた。

私はなんらためらうことなく、コルト社のリボルバーがスミス&ウェッソン社のものより、ほとんどの点においてすぐれていて、アメリカ陸軍の必要を十二分にみたすものだと断言《だんげん》できる。

ジョン・R・エディ
陸軍兵器部部長
兵器部覚書《おぼえがき》No.5
一八七三年六月二十七日　ワシントン

一九一〇年
ギロン
北緯六十八度

第十四章　日曜日　正午

「外で待ってくれませんか」シーグはいったが、男がそれを受けいれることはイギリス国王がたずねてくるくらいありえないことだった。

男はシーグにいいかえすこともなく、強引に玄関《げんかん》の外とびらを押しあけて入ってきたので、シーグははねとばされないようにとびらの内側に体を押しつけた。

どうして父親のことで男にうそをいったのか、シーグにはよくわからなかった。だが、いまさら後悔《こうかい》してももうおそい。シーグは男を追って部屋に入り、内とびらを閉めた。部屋のなかは暗くなりはじめていた。テーブルの上の毛布は山のようにもりあがっているとシーグには感じられたが、信じがたいことに、男は気にとめていないようだった。

男はくるりと体を回転させ、シーグとむきあった。

「ガンサー・ウルフだ」

沈黙《ちんもく》が落ちた。シーグは男をじっと見た。できれば部屋のほかの場所を見ていたかったが、この訪問者《ほうもんしゃ》から視線をそらすことができなかった。

「この名前、聞いたことあるか？」ウルフはいった。ささやくような小さな声だった。あいかわらず必要最小限のことばしか口にしない。

シーグはかぶりをふり、首のうしろをさすろうと手をもちあげた。が、すぐにその手をおろした。

ウルフがうなるような声を発した。

「小さすぎたか」自分にいいきかせるようにいう。「時間もたちすぎたな、おそらく」

「どんなご用ですか」シーグはたずねたが、ウルフはこの問いを無視《むし》した。

「おまえはおれをおぼえていない。だが、おれはおまえをおぼえている」

ウルフのことばは宙《ちゅう》にうき、部屋じゅうをただよった。シーグにはそのことばが文字となって目に見えた。目の前の壁《かべ》に、五十センチ大の血文字でくっきりと書かれている。

「十年だ」

シーグは必死に頭を回転させた。十年……ということは……。

「ノームだ。ノームで会ってる。まだ小さかった」

シーグはうなずいた。とつぜん父親をうしなった事実が重くのしかかってきた。シーグはその重さに押しつぶされそうになったが、なんとか目の前の見知らぬ男に意識《いしき》を集中させた。

「父のことを知ってたんですか？」

ウルフは、まるでえたいのしれない凶事《きょうじ》の予兆《よちょう》のように、圧倒的《あっとうてき》な存在感で部屋をみたした。かつてはまっ黒だったのだろうが今はまだらに色があせている革のオーバーで、ほぼ全身をおおっている。ウルフの顔を見ていると、いまだにシーグは不安をかきたてられたが、今、それは目のせいだと気づいた。顔の半分はあごひげにおおわれていて、つばの広い帽子《ぼうし》を取ると、また髪がまったくない頭があらわれた。はげているのか、そりあげているのかはわからない。

「知ってた？」ウルフがいった。

シーグは自分のおかしたまちがいに気づいたが、すぐにごまかした。

「ノームで、です。あなたはノームで父を知ってたんですか？」

「ああ、そうだ」ウルフはいい、顔に笑みをうかべた。

シーグは吐き気《はけ》をおぼえた。

「ああ、そうだ。おれはおまえのおやじを知っていた。おまえの母親もな。それから姉さんもだ。なんて名だった？」

「アンナです」シーグはいった。そして、すぐに、小屋にいるのが自分ひとりだとみとめてしまったときのように、姉の名前をウルフに知らせたことを後悔した。

「アンナ」ウルフは声に出していった。なにかを考えこんでいるようだった。もしかするとなにかたくらんでいるのかもしれない。それから、ウルフはシーグのごまかしをあばいた。

「ぼうず、毛布の下にいるのはおまえのおやじか？」

第十五章　日曜日　午後

「毛布をもとにもどしてください」シーグはいった。

ウルフはまたシーグを無視した。親指と人さし指で毛布のはしをつまみ、エイナルの肉のたるみつつある顔があらわになる高さまでもちあげた。死から一日ちかく経過したために、すでに肌《はだ》は土気色となり、乾燥《かんそう》し、縮み、ほおや目もとがくぼみ、口もとはひきつれてきていた。

「おねがいです」シーグはもう一度いった。「毛布をもどしてください」

ウルフの傍若無人《ぼうじゃくぶじん》ぶりにはすさまじいものがあった。シーグはぞっとした。つまり、この男にはどんなルールも通用しないのだろう。死者の尊厳《そんげん》を傷つける者は、この世に存在するどんなきまりをも、いや、神のおきてすらもおかすことになんのためらいも感じないはずだ。

「エイナル」ウルフはささやいた。とても小さな声だったので、シーグにははっきりとは内容がわからなかった。「エイナル。おまえはおれをはめたが、おまえに勝ち目はないぞ」

部屋のまんなかにつっ立っていたシーグは、窓《まど》から湖のほうをちらっと見た。湖のむこうには町がある。そこにはこれまでとなにひとつ変わらない冬の景色がひろがっていた。雪におおわれ、あたり一面がまっ白で、ほかに見える色ははだかの木々のこげ茶色しかない。シーグは木々のあいだを走ってにげるところを想像《そうぞう》した。ブーツの下で雪がザクザクと音をたてる。角をまがるときに手袋をはめた手にふれる樺《かば》のはがれかけの樹皮《じゅひ》の感触《かんしょく》もよみがえった。近くの岩からはオレンジがかったふしぎな色のつららがたれさがり、なかにうもれる鉱石《こうせき》の存在をあらわにしている。この地に人々が暮《く》らすのはこの鉱石の恩恵《おんけい》を受けるためだ。

窓の外にはもうウルフの馬は見えなかった。納屋《なや》にいれたのかもしれないし、べつの場所につないだのかもしれない。納屋にいれてもらえたのだといいけれど。シーグは思った。ギロンの町の寒さは馬にはかなりこたえるだろうから。それにしても、これまでの旅でウルフはどれだけの馬を死なせてしまったことだろう。

ウルフがとつぜん毛布から手をはなして自分のほうをむいたので、シーグは思わず飛びあがった。

「いつだ？」

シーグにはウルフのことばの意味がわかった。

「きのうです。きのうの今ごろです。湖を横ぎるとちゅうで、氷が割れたんだと思います。ぼくが見つけてそれから……」

シーグはそこで口をつぐんだ。姉さんとナディアの名前をこの男にはいいたくない。だけど、どうしてだ？　ふたりの名前を口にしたらなぜいけないんだろう。

ウルフはシーグをじっと見つめ、つづきが話されるのを待っていた。シーグはなにもかも話してしまいたいという衝動《しょうどう》を必死におさえた。だが、ウルフの視線にたえられず、気づくと下をむき、床板をじっと見つめていた。そのとき、姉とナディアがならんで床にひざをつき、黒い床板をけんめいにみがいているすがたが頭によみがえってきた。去年の春のことだ。たしか姉さんは歌をうたっていて、ナディアはもくもくと作業をしていたはずだ。あんなになごやかに接しているふたりのすがたはほかにあまりおぼえがない。

それにしてもふたりは今ごろどこにいるのだろう。どうしてこんなにいつまでも帰ってこないんだろう。

「片づけなきゃならない用がある……」ウルフはことばを切り、訂正《ていせい》した。「用があったんだ。おまえのおやじとな」

シーグは口をひらきかけて、また閉じた。それから思いなおし、口をひらいた。

「そうですか」シーグはことばをえらびながらいった。「せっかく来ていただいたのにすみません」

シーグは神経がまいってしまいそうだったが、それでも話せるかぎりしゃべりつづけた。自分が話していることばが、まるで他人が話しているように聞こえる。魂《たましい》が体をはなれてしまったかのようだった。

「それじゃあ、暗くなる前にそろそろお帰りになったほうがいいですね」

ウルフはシーグの父親が横たわるテーブルから、いすをひとつ引っぱりだした。

「コーヒーだ。コーヒーをくれ」

ウルフはうでを組み、ブーツをはいた足を前になげだした。そして背後《はいご》に手をまわして、帽子を毛布におおわれたエイナルの胸のあたりにのせた。

シーグは体が芯《しん》まで冷たくなるのを感じた。

体のふるえをおさえ、ゆっくりとウルフのほうへ歩いていく。そして、父親の胸の上から帽子を取ると、できるかぎり気もちを落ちつかせて、玄関にいちばん近い梁《はり》にあるフックにかけた。

「コーヒーですね」シーグはいった。「わかりました、お帰りになる前にコーヒーをおいれします」

そのあいだ、ウルフはシーグを目で追っていた。シーグは横目でちらっとウルフの顔を見たが、なんの表情も読みとれなかった。それとも、口もとにかすかな笑みがうかんでいただろうか。ひょっとすると、この状況《じょうきょう》をおもしろがっているのか？　からかわれていると感じるくらいなら、いっそ、いらだちや怒りのしるしを目にするほうがましだった。

シーグはストーブの薪《まき》をくべる穴のとびらを開け、小さな薪をひとつなげいれた。とびらをいきおいよく閉めると、ストーブの熱で薪がさける音が聞こえた。

シーグはブリキ缶からやかんに水をそそぎ、ストーブの上に置いた。それから、玄関のほうへ歩いていった。

「待て」ウルフがいい、シーグは足をとめた。手はすでにとびらの掛《か》け金《がね》にふれていた。

「どこに行く?」

「コーヒー豆は物置にあるんです」シーグはいった。「物置はこのむこうなので」

シーグはあごをしゃくって小屋の壁をさししめした。

「行け」ウルフはうなるようにしていった。シーグは胃のあたりがさらに重くなるのを感じた。ぼくはとらわれの身になったのか? ここはぼくの家なのに?

シーグはとびらを開けて、玄関に出た。一瞬《いっしゅん》、外に走りでたい衝動にかられたが、そうはせずに、右側のべつの内とびらを開け、暗い物置のなかに入っていった。物置には窓がない。ただ北に面した壁の高い位置に、小さな羽板《はいた》がずらっとはめこまれていて、短いが暑さのきびしい夏には、板のむきを調整《ちょうせい》することでなかをすずしくしておくことができた。とびらを開けておくと、なかは物をさがすのにじゅうぶんな明るさになる。それに、シーグはたとえ暗やみのなかでもすべてのものの位置が把握《はあく》できた。

シーグはベッドがわりにしている小麦粉の袋やトウモロシ粉の袋がどこにあるのか知っていた。バターがどこに保管《ほかん》されているのかも、はちみつやコーヒー豆がある場所も知っていた。手を上にのばし、コーヒー豆の入った缶をおろす。その缶のうしろには細長く平たい木の箱があることもわかっている。その箱はこの十年、一家とともに世界のへりを旅してきた。ナディアがその箱を物置にかくしておくことを主張したのだった。怒りをいだく者の手から遠ざけるために、ぬすみを働こうとたくらむ者の目に入らないようにするためにといって。

第十六章　日曜日　午後

「許《ゆる》すだって?」エイナルはいった。「どうやったら、他人の悪行《あくぎょう》を許すことができるんだ?」

シーグはおぼえていた。父親とその新しい妻となったナディアがはじめてけんかをしたときのことを。なんて皮肉《ひにく》なんだろう。シーグは思った。姉のアンナによると、父親とナディアのはじめての口論《こうろん》は、父親と死んだ母親がくりかえしていたけんかとそっくりだったのだ。ナディアは目を閉じた。ナディアは聖書のことばを引きあいに出すときにはいつもそうした。

「『私のきょうだいが私に対して罪《つみ》をおかしつづけるとき、私は彼を何回許したらいいのですか?　七回ですか?』すると、イエスはいわれた。『いいえ、七回ではありません。七を七十倍した回数です』」

それを聞いて、エイナルは怒りを爆発《ばくはつ》させた。

「そんなたわごとをおれにむかってえらそうにまくしたてるな」エイナルはどなった。「おまえだってもうそんなことを信じちゃいないだろう？　もし信じているなら、あの気のふれた牧師とばかな信徒たちとの暮らしを今もつづけていたはずだ！　許すだって？　それなら、ぜひとも教えてほしいもんだな。おまえはどうやって自分を殺した人間を許すつもりだ？」

「だれもわたしたちを殺そうとしたりなんかしないわ」ナディアはいった。「ここは平和な町よ」

「おまえにいったいなにがわかる？」エイナルのことばには悪意《あくい》がこもっていた。「世間をどれだけ知ってるっていうんだ？」

「多少は知ってるわ」

それはほんとうだった。ナディアが信仰復興論者《リヴァイヴァリスト》の牧師とその信者たちとともにどのような暮らしをしていたのか知りたくて、シーグは情報をこつこつあつめた。牧師は禁欲《きんよく》することの徳《とく》を説《と》き、信者に飲酒や肉食、そしてとくにセックスを強く禁じた。だが、牧師本人はそうしたおきてを自分も守らねばならないとは考えていなかった。そのことを知るとナディアはすぐに牧師のもとを去り、フィンランドの国境を越え、ギロンの町のホテルで働きはじめた。そして、そこでエイナルと知りあったのだ。

「それなら、悪いやつはいたるところにいるってことを知っておくんだな。いつかおれの留守中にそういう人間が来たとき、おれがこの子に銃《じゅう》のあつかいを教えたことに感謝《かんしゃ》するだろうよ！」

それを聞き、シーグの心臓《しんぞう》は早鐘《はやがね》を打ったが、次の瞬間、玄関のとびらがいきおいよく閉まる音がひびいた。父親と継母《ままはは》のいいあらそいにたえられなくなったアンナが小屋を飛びだしていったのだ。

「おい！」

ウルフが壁のむこうからよんだ。

シーグはいそいで三つのとびらのあつまる小さな玄関にもどった。とびらはそれぞれ異なる結末にむかう異なる道へとつながっている。

ひとつは外へ、つまり「にげる」道へつながっている。

ひとつは部屋へ、つまり「ウルフとむきあう」道へつながっている。

そしてもうひとつは物置へ、つまり「コルト銃を手にする」道へとつながっている。

シーグにはわからなかった。どの道をえらぶにしても、そのあとはいったいどうしたらいいのだろう。

シーグはしばらくブーツを見つめたまま、つっ立っていたが、コーヒー豆の入った缶を下に置くと、ブーツをはきはじめた。外に行くつもりはなかったが、なんとなく準備《じゅんび》しておくにしたことはないと感じたのだ。

「すみません」部屋のなかにもどってきながらいった。「最初の缶がほとんど空だったんで、いっぱいのものをさがしてきました」

缶をウルフにむかってふってみせる。なかの豆がザラザラと音をたてた。

「すぐにいれますから」

シーグは部屋の奥《おく》の窓辺にあるカウンターにむかった。窓の外には松林が見える。窓の上の棚《たな》からコーヒーミルをおろし、豆をひとつかみいれて小さなハンドルをまわしはじめる。豆のかおりがすぐに部屋をみたしたが、そのかおりをかいでも、いつものように気分がほぐれることはなかった。

「どうしてブーツをはいてるんだ?」ウルフがなにげない口調《くちょう》できいてきた。

しまった、この男はどんな小さなことも見のがさないんだな。シーグは思った。

「足が……足が寒かったんで」シーグは理由を説明した。そして、疑問をさしはさむすきをあたえまいと、まくしたてるように話をつづけた。「今年の冬はとても寒くて長かったんです。どこもかしこも凍りついて、ベルイマンさんの鉱山での仕事も、巻きあげ機が動かなくなって中断《ちゅうだん》されたことがあったし。湖もぶあつい氷が張って……」

「だが、人間の重さにたえられるほどの厚さじゃなかった」

ウルフのことばは小さな蜘蛛《くも》のように床に落ち、シーグのほうへ走ってくると、足から背なかへとはいのぼり、ついには首にまであがってきた。シーグはすこしのあいだコーヒー豆を挽《ひ》く手をとめたが、すぐに心に決めた。この男に気もちをかきみだされてたまるか。

「そうですね」シーグはただそうこたえた。

豆を挽きおわると、マグカップを棚からおろした。コーヒーミルの引きだしを開け、美しいこげ茶のコーヒーの粉のなかにスプーンをさしいれ、父親がかつてノームで砂金をはかっていたときのように慎重《しんちょう》に山盛り一杯《いっぱい》をすくいとってカップにいれた。

上から湯をそそぐと、コーヒーの粉はカップの上までういてきた。粉をしばらくかきまぜたあと、またカップの底にしずむのを待ってから、シーグは慎重にウルフのほうへ歩いていき、カップをわたした。

シーグは心のなかで自分を呪《のろ》った。手がふるえていたのだ。

「まだ寒いのか?」ウルフはそういうと、笑みをうかべた。シーグはまた吐き気をもよおした。

ウルフがコーヒーをすすった。なんてまぬけな飲みかたなんだ! シーグは思わず笑いそうになった。まるで、おばあさんがお茶をすすってるみたいじゃないか。ウルフはカップにむかって息を吹きかけ、それからまたひとくちすすった。

「なんなんだ?」ウルフがいった。

シーグはかぶりをふった。

「すみません、なんでもないです」

ウルフはカップをおろした。

「いや、そうじゃない。ここではなにが採れるんだ？」

「え、ああ、鉄です。鉄を採掘《さいくつ》してます。ここは鉄鉱山なんです」

「なるほど、そうか」ウルフはいった。口もとは笑っているが、目の色は変わらず、表情が読みとれない。

「父は鉱石分析官《ぶんせきかん》だったんです」

「ああ」ウルフはいった。「ノームでも同じ仕事をしてた」

「はい、たしかそうでした」

「ただ、あの町じゃ」ウルフはいすにすわったまま身を乗りだしてきた。「おれたちが採ってたのはべつのものだった。そうだろ？」

シーグはうなずいた。

「父は鉄のほうが採掘する価値があるっていってます。父はいつもいってます――いってました。鉄は信用できるって。金《きん》とちがって、採掘する甲斐《かい》があるって。採掘をめぐって人が殺しあうこともない。そう父はいってます」

シーグはなんとか声の調子をあげようとしつづけた。ウルフがじっさいは見た目ほどおそろしい男じゃないとたしかめたかった。だが、シーグはいい終わったとたんにまちがいをおかしたことに気づいた。ウルフはだまったまま、シーグを見つめかえした。シーグはその視線に射《い》ぬかれ、もりにつらぬかれた魚のように壁にはりつけにされた。

「おまえは金についてなにを知ってるんだ？」ウルフはゆっくりといった。

「なにも」シーグはこたえた。「なにも知りません。ぼくはただ……」

そこで口をつぐんだ。なにをいっていいのかわからない。

「ああ」ウルフはいい、コーヒーにまた口をつけた。「ところで、おれは今、いったいどこにいるんだ？　この町は――ギロンというのか？　いや、町の名前なんか知りたくもない。おれはフィンランドを移動してきた。ここはまだフィンランドなのか？　フィンランドに来る前にはロシアにいた。まいったぜ、ロシアには！　あの国はどれだけ広いんだ？　ここまで来るのにどれほど時間がかかったと思う？」

シーグはつっ立ったままウルフを見つめていた。口はひらかなかった。ウルフが答えを求めているとは思えなかったからだ。それにとつぜん、舌に力が入らなくなってしまった。

「ああ、おまえは知ってるはずだ。おまえたちも同じ旅をしてきたんだろうからな。十年。おれがここにたどりつくまで十年がかかった。だが、おれはまっすぐここまで来たわけじゃないからな。とちゅう何度かふりだしにもどされたおかげで……」

ウルフは部屋のなかを見まわした。

「おまえたちのほうが二、三年早く着いたようだな。だが、おれはどこへむかえばいいかわからなかった。いつでもさがしながら足を進めてたからな。ひとりの男とふたりの子どもを。どこへ行ってもだ。いつでもたずねながら歩いていた。いつでも……。だが、とうとうおまえたちを見つけた。ここに来て何年になる？　三年じゃないか？　そうだろう。どうしておれがここに来たかわかるか？」

シーグは首を横にふった。

「どうしておれがここに来たかおまえは知ってるか」ウルフはくりかえしきいた。

それでもシーグはだまったままだった。

「おまえは知ってるはずだがな。ああ、知ってるはずだ。おれはおまえのおやじに用があって来たんだ」

シーグは深呼吸をした。口をひらくと、ことばがかってに出てきた。今度も自分の口から出ることばが、他人が話していることばのように聞こえる。まるで、空からこの場面を見おろしているかのような感覚だった。

「旅がむだ足に終わってほんとうにお気の毒ですが、もう父はあなたのお役にはたてません。コーヒーを飲みおえたら、暗くなる前に町なかにもどったほうがいいと思います。町にはホテルがあります。なかなかいいところですよ。鉄道の駅のすぐそばです」

これ以上なにをしゃべっていいのかわからなかった。ウルフはまだいすを立とうとはしない。

「おまえはわかっていないようだな。父親がもうこの世にいないとなれば、おまえがあとつぎとなるわけだよ。つまり、おれは今度はおまえに用があるということだ」

第十七章　日曜日　午後

「おまえのおやじとおれは取引をした。おれたちはいっしょに働いてたんだ。あのころ、ノームでな。おれたちは取引した。ある約束をしたんだ。やつはそれをわすれちまったらしい。わかれもいわずにあの町を出ていった。おれがここに来たのはその約束をやつに思いださせるためだ」

ウルフはビールでも飲みながらかわす会話のようになにげない口調で話した。十年をついやしてまでエイナルをさがしだした執念《しゅうねん》は感じさせなかった。

「すみません」シーグはいった。「でも、取引のことはなにも知りません。お役にたてればよかったんですが、そのころぼくはまだ小さかったので。なにしろ……」

「十年前だからな。ああ、わかってる。おまえたちを見つけるのにまる十年かかった。ところが、やつはおれが着く前日に死んだ。だが、ひょっとするとおまえはおれの役にたてるかもしれないぞ。たしかにおまえは小さかったが、おれのことはおぼえてるはずだ」

だが、シーグはおぼえていなかった。

ノームで暮らしていたときのことをシーグはほとんどおぼえていない。寒かったことはおぼえている。あの町はギロンよりも寒く、さらに殺風景《さっぷうけい》だった。フロントストリートのことはおぼえているが、住んでいた小屋のことはおぼえていない。印象深い場面だけが、とぎれとぎれに記憶《きおく》にのこっているだけだ。

シーグは母親のこともほとんどおぼえていない。顔すらおぼえていなかった。一家は写真をとってもらったことが一度もなかったが、写真があれば、それをきっかけに記憶がよみがえることもあったかもしれない。母親のやさしげな目や、アンナにうけつがれた、ウェーブのかかった長い黒髪を思いだせたかもしれない。だが、そういったものはなにひとつ、シーグの記憶にはのこっていなかった。それでも、母親のやわらかく、あたたかな感触は思いだすことができた。そしてその感触を思いだすと、安心感と幸福感につつまれた。

そのころの父親についても思いだせることはあまりないが、今よりも髪が多かったことはおぼえている。そして、ノームでの暮らしの数すくない記憶のひとつが、父親のある習慣《しゅうかん》についてのものだった。

そのころ、エイナルは仕事に行くときだけ髪を油でうしろになでつけていた。毎朝、髪をカラスの羽のようにつややかに黒々と光らせるために油をていねいにぬりこみ、うしろにまっすぐなでつけた。こうすると、金を計量して買いとるときに、より几帳面《きちょうめん》できちんとした印象を客にあたえて、軽く見られることもなくなるのだとエイナルはいった。そして、毎晩、仕事から帰ると、まにあわせの小さな浴室で髪の油を落とし、アンナとシーグがよく知る、大好きな父親のすがたにもどるのだ。

今でも、あのとき父親が使っていた油のにおいをかげば、シーグにはノームですごした幼いころの記憶がよみがえるはずだ。

「残念ですが」シーグはいった。「あなたのことはおぼえてません」

「おぼえてない？」ウルフは片方のまゆをあげた。「ああ、ひょっとすると、そうかもしれない。だが、おれはさっき話した、おまえのおやじとの取引にさっさとけりをつけたいんだ。わかるな？」

ウルフは「まあ、いい」とでもいうように肩をすくめた。

ウルフが立ちあがったので、もう帰るのかと思ったが、ただ伸びをしただけだった。背骨がぼきぼき鳴り、ただしい位置にもどる音が聞こえた。

「あの駄馬《だば》め」ウルフはいい、それからまたいすに腰《こし》をおろした。「気にするな。おまえがおれをおぼえてなくても、おまえの姉さんはおぼえてるだろう。さあ、姉さんはいつ帰ってくる？」

第十八章　日曜日　夕暮れ

「父はあなたのことを話したことがありませんでした」シーグはいった。「すくなくともぼくに話したことはないです。姉もそれほどあなたの役にたてるとは思えません」

シーグはコーヒーミルをかたずけ、小屋のなかを整とんしはじめた。どこもちらかってなどいなかったが、動いていればウルフの顔を見なくてすむ。ウルフの視線はつねにシーグの動きを追っていた。その目はどんな小さなことも見のがさなかったが、なんの感情も宿《やど》してはいなかった。

「そうか？」ウルフはいい、いすを立った。シーグは思わず、二、三歩あとずさったが、ウルフは窓のほうに歩いていった。

「暗くなってきたな。おまえの姉さんも日が暮れるまでには帰ってくるだろう」

それからウルフはシーグのほうをむいた。

「ランプ」

シーグはいわれたとおりにした。できるだけ、ふだんどおりに行動したほうがいいと思ったからだ。シーグは腰をかがめ、ストーブの火をろうそくにうつし、部屋の両はしにさがっているランプに火をつけた。ウルフは毛布をかけられたエイナルの体のりんかくを視線でなぞるようにしながら、テーブルのまわりを二周した。

「埋めてやれよ」

「そうしようとしたんですけど」シーグはいった。「地面がかたすぎて、とちゅうでシャベルが折れてしまったんです」

「早く埋めてやれ」一瞬、やさしさからそういっているのかと思ったが、ウルフはこうつけくわえた。「くさくなる前に」

ウルフはまたいすに腰をおろした。革のオーバーがうしろにゆれて、銃の全体がはっきりとシーグの目に入った。シーグはすぐにそれがなんの銃かがわかった。物置のコーヒー豆の缶のうしろにかくされた木箱に入っている銃と同じものだったからだ。

コルト・シングル・アクション・アーミー、別名フロンティア・シックス・シューター。

もちろん、ウルフの銃のほうが父親のものよりずっと新しいのは一目見てわかった。

ウルフはシーグが自分の腰のあたりをちらっと見たことに気づくと、笑みをうかべた。あえて銃をかくそうとはせず、腰のベルトにつけたかがやく弾《たま》の列をかくすこともしなかった。

シーグは顔をそむけたが、頭には過去《かこ》の記憶がよみがえっていた。あれはシーグの十二歳の誕生日《たんじょうび》だった。ナディアとエイナルが結婚《けっこん》する前の春で、小屋ではまだエイナルとアンナとシーグの三人だけが暮らしていた。

「今日はおまえの誕生日だから」エイナルがいった。「プレゼントをやろう」

それを聞いて、アンナとシーグのふたりが父親のほうを見た。こんなことははじめてだった。一家にはプレゼントのようなものを買える金銭的《きんせんてき》なゆとりはなかったからだ。だが、エイナルはつづけてこういった。

「店できれいに包んでもらったようなものじゃないぞ。箱には入ってるが」

エイナルは目をかがやかせ、ゆかいそうに笑った。

「シーグ、誕生日プレゼントに世界でもっとも美しいものを見せてやろう。もちろん、おまえの姉さんや死んだ母さんの美しさにはかなわないがな。だが、この世で、ふたりの次に美しいものだ。見たいか?」

シーグはうなずいた。

「うん」シーグは熱意をこめていった。それから、それは父親に対する口のききかたではなかったことを思いだして、いいなおした。「はい、見たいです」

エイナルはしかつめらしい表情になってうなずきかえした。

「よし、いいだろう。テーブルについて、目を閉じて待っていろ」

シーグはいすにすわった。アンナもシーグにくっつくようにしてすわった。弟がプレゼントをもらえることを自分のことのようによろこんでいたが、心のすみで、自分は一度もプレゼントなどもらったことがないことを思いだしていた。アンナがこれまでに親からあたえられたおもちゃは、小さなときにもっていたあの人形だけだった。

だが、父親は奇妙《きみょう》なことに物置に入っていった。そして、何年も目にすることのなかったあの箱を手にもどってきたとき、アンナは急に不安な気もちにおそわれた。

「さあ」エイナルはいい、箱をテーブルに置いた。「目を開けていいぞ。いいか、この箱のなかには世界でもっとも美しいものが入っている」

シーグは箱を見た。前に見たことがあるはずの箱だったが、シーグにはそのときの記憶がなかった。にもかかわらず、その箱を見ると、まるで古い友人と再会したかのように、感じるものがあった。

「ほら、ふたを開けてみろ」

シーグはすぐには箱を開けなかった。まるで、箱がなにかするのを、あるいは自分に話しかけてくるのを待ってでもいるかのように、ただ見つめていた。ふたには小さな留め金《とがね》がついていた。しばらくすると、とうとうシーグは、留め金をはずし、ふたをもちあげた。

なかには銃が入っていた。

「そんなものがどうして世界でもっとも美しいものだなんていえるの？」アンナがいった。

「そんなおそろしいものがどうして？　古いし、傷だらけだし、きたないし。第一、それは銃なのよ」

アンナはいすを立つと、一、二歩、あとずさりした。姉さんのいってることはただしい、そうシーグは思った。

エイナルは肩をすくめた。

「ああ、たしかにこいつは古い。買ったときにはもうすでに古かったからな。なにしろ一八七三年の型で、製造《せいぞう》されたのは一八八三年、つまり、もう二十年以上前のものだ」

銃は、さび止めのための青い酸化皮膜《さんかひまく》がところどころうすくなり、引っかき傷や小さなくぼみがある。そして、おそらくエイナルの手にわたるまえにはひんぱんに使われていたのだろう。木の握《にぎ》りはニスがはげていて、指のあたる部分がすりへっている。

エイナルは銃を箱から取りだし、テーブルに置いた。箱のなかには銃のほかにも、シーグが五歳のころにさわりたいと思っていたものが入っていた。手入れ道具、分解道具、油、ろう。そして、弾もあった。

テーブルに横たえられた銃は、まるでけもののようだった。そしてもうシーグは、父親がいわんとしているものを感じはじめていた。すでに銃のもつ力を感じとっていた。

「アンナ」エイナルはいった。「美しさにはふたつの種類があるんだよ。おまえの美しさのように、外から見て感じられる美しさと、内面的な美しさ、つまりそのものの能力から来る美しさだ」

「でも、それなら、銃の内面的な美しさってなんなの?」アンナはいった。目にかかる髪を無意識に耳にかけ、またテーブルに近づいている。

シーグはなにもいわず、ただ銃を見つめ、耳をすまし、父親が話しだすのを待っていた。

「ほら」エイナルはいい、また銃を手に取った。「見てみろ。こいつは機械だ。完ぺきな機械といっていいかもしれない。採鉱《さいこう》現場にもさまざまな機械がある。岩をくだくためのもの、採掘した鉱物を引きあげるもの、ふるいにかけるものがあるが、どれも役目をはたしはするものの、その動きは美しさとはほど遠い。おまけにガタガタ、ドシンドシンやかましい音をたてる。しじゅう、故障《こしょう》するしな。コルト銃は父さんがこれまでの人生で見てきたもののなかでもっともすぐれた機械だ。銃の役割はたったひとつだが、そのたったひとつの仕事をみごとなほどあざやかにこなす。いいか?

父さんがそこにある弾のひとつを箱から取りだしたところを想像してみろ。じっさいに取りだしはしないが、そうするところを想像してみるんだ。弾は小さいが、四つの部品からなりたっている。まず、真鍮《しんちゅう》の薬きょうだが、これは弾の大部分をしめる部品で、なかには火薬がつまっている。薬きょうの底部には、雷管《らいかん》とよばれる銅製の小さな円盤《えんばん》があり、内部には起爆剤《きばくざい》として少量の雷酸《らいさん》水銀が入っている。薬きょうの先端《せんたん》部分には、ごくわずかな重さしかない鉛《なまりせい》製の円錐《えんすい》型の弾頭《だんとう》がある」

アンナの銃に対する興味《きょうみ》はまたうすれはじめていた。と同時に、心のなかに小さないきどおりがめばえてくるのを感じた。そして、ふと気がついた。いつもこうだ、と。シーグと父親は同じものにひきつけられ、父親と息子《むすこ》のきずなを深めるが、アンナはふたりの口にする話題に興味をもてず、仲間はずれにされたような思いをいだくはめになるのだ。

シーグは父親が話しているあいだ、熱心に銃を見つめていた。そして、父親が口で説明していることを頭のなかでじっさいに見えるものにしようとしていた。

「父さんが弾を手に取り、この回転式弾倉《だんそう》の後部にある装塡口《そうてんこう》を開けたところを想像してみるんだ。弾を六つある薬室のひとつに装塡する。すると弾は薬室にぴったりはまりこむ。すべてが完ぺきに計測され、製造されているのさ。父さんは銃の後部にある撃鉄《げきてつ》を起こす。まずは半分だけ起こすんだ。そして、弾倉をただしい位置まで回転させる。さあ、これで装塡した弾が撃針《げきしん》のすぐ下に、撃鉄の下部に来たぞ」

父親が話しているあいだ、シーグは銃を見つめていた。銃だけを見ていた。エイナルが撃鉄を完全に起こすと、カチッという音がした。今や、アンナまでが銃を見ずにはいられなかった。

とつぜん、パチンという金属の大きな音がした。エイナルが引き金を引いたのだ。じっさいはただ、撃鉄が落ちただけだったが、シーグはおどろいたウサギのように飛びあがった。

「もし、ほんとうに弾がこめられていたら、湖の反対岸にいても銃声が聞こえただろう。すくなくとも、風のない日ならそうだったはずだ。それに、引き金を引いた瞬間にはもうすべてが終わっているように感じられる。だが、その瞬間に銃の内部でなにがおきているかを話したら、おまえは父さんのいってることを信じられないかもしれない」

「話して」シーグはいった。まるで、さっきおどろいて飛びあがったウサギが猟師《りょうし》のしかけた罠《わな》にむかって跳《と》んできたかのようだった。

エイナルはにっこり笑った。

「想像力を働かせなきゃならないことになるぞ。できるか？　よし。撃鉄にたたかれると、雷管はその衝撃《しょうげき》にたえられず、なかの雷酸水銀が爆発する。わかるか？　雷管が爆発すると、薬きょうのなかの火薬に火がつき、たちまち弾の内部の温度が二千度まであがる。鉱山での精錬《せいれん》作業で鉱石を熱するときの温度とほぼ同じだ。それが、あの小さな弾のなかでおきるのさ。

いいか、シーグ。真鍮の薬きょうは熱くなって、すぐにふくれあがり、薬室の内側に押しつけられる。すると先端部分にある鉛の弾頭がかんたんに解きはなたれる状態になる。そして、小さな火事がおきている薬きょう内部でガスが膨張《ぼうちょう》し、弾頭を薬室の外に押しだし、銃身《じゅうしん》を通りぬけさせる。これが銃発射《はっしゃ》の過程《かてい》のなかでもっとも注目すべきことだ。なにしろ、銃身の直径は弾頭よりもほんのすこし小さいんだからな」

「でも、さっき父さんはすべては完ぺきに計測されてるっていったよね」

「ああ、そのとおりだ。銃身の内部には三本のみぞがあって、そのみぞはらせんをえがいている。一方、弾頭は鉛でできていて、背後の爆発による業火《ごうか》で熱くなり、やわらかくもなっている。弾頭が三本のみぞがらせんをえがく銃身に押しだされると、みぞはやわらかい鉛に食いこみ、弾頭は回転しながら銃身を通りぬける。そして、そのまま回転しつづけ、銃口からぬけるときには、膨張したガスの最後のひと押しを受けて、高速で回転するだけじゃなく、秒速三百メートルでまっすぐ前方に飛んでいく。つまり、弾頭は銃口がむけられているものがなんであれ、銃声のひびきが消える前にもう、それを撃《う》ちぬいているんだ」

「完ぺきだ」エイナルはいい、すこし間を置いた。アンナは父親の目を見ておどろいた。銃への深い愛情が読みとれたからだ。「父さんのいいたいことがわかったか？　銃は完ぺきなんだ。そして完ぺきであることが美しいことであるとすれば、銃は世界でもっとも美しいものといえる。人間の信じがたい創意《そうい》の結晶《けっしょう》で、人間の手になじむように完ぺきに設計された機械だ」

エイナルは銃を置き、アンナのほおをなでようと手をのばした。だが、銃をにぎっていた父親の手がほおにふれる前にアンナは身をさっとうしろに引いた。

シーグはなんのことばも発さないまま、エイナルがテーブルに置いた銃をじっと見つめていた。

アンナはシーグのすぐうしろに立っていた。目に暗い怒りの色がうかんでいる。

「だけど、弾がなにかにあたったとき、なにがおきる?」アンナはいった。「なにかじゃなくて、だれかにあたったときよ。そんなの美しくなんかないわ。おそろしいことよ」

　エイナルは顔をしかめた。

「アンナ、いいかげんにしろ……おまえは母さんに似てきたな。父さんはただ銃の働きを説明して……」

「説明?」アンナの怒りがとつぜんふきだした。「もし銃の働きを説明したいんなら、いい面だけじゃなくて、悪い面だって説明すべきよ!」

　アンナは銃をひっつかんだ。

　そして、シーグのひたいに銃口をむけた。あと十センチで銃口がひたいにふれる距離で銃をかまえている。三人とも銃には弾がこめられていないことを知っていたが、それでもその行動はおそろしいものだった。

「どんな気分?」アンナはさけんだ。「これでも銃は美しいって感じられる、ねえ、シーグ?」

　エイナルは腹だたしげに立ちあがると、小屋から出ていった。そうでもしないかぎり、娘の怒りは冷めそうになかったからだ。だが、姉の怒りがしずまるより早く、シーグは知った。いくら弾が入っていないとはいえ、銃をむけられるのはとてもこわいことだと。銃口とひたいのあいだには十センチちかくの距離があったにもかかわらず、銃口は、親指でぐっと押されるようにひたいに押しつけられている感じがし、くちびるがふるえた。もしほんとうに装塡された銃をつきつけられたとしたら、どんな気分なのだろうとシーグはふと考えた。

姉が泣きはじめるのを見て、シーグはようやくうでをあげ、姉の手から銃を取った。ノームで父親から銃を箱にもどすよう命じられた五歳のとき以来、はじめてシーグは銃を手にもった。たったひとつの感情、いや、感情ですらない感想しかいだかなかった。

銃って重いんだな。シーグはただそう思った。銃がどれほど重いものかをシーグはわすれていたのだ。


その日、三人ともに冷静さをとりもどしてから、エイナルはふたりの子どもを小屋の裏《うら》の森の近くに連れていった。そして、じっさいにふたりに一発ずつ撃たせて、銃の撃ちかたを教えた。

「弾の数がすくないから、ひとり一発ずつだ」エイナルはいった。「こいつは古い銃だ。弾も古いものしかのこっていない。今は、無煙《むえん》火薬を使った弾も出ているが、あの火薬の威《い》力《りょく》はそうとうなもので、この古い銃はおそらくその力にはたえられまい。引き金を引いたとたん、破裂《はれつ》してばらばらになる。アンナ、おまえのほうが年上だから、先に撃ってみろ」

箱のなかには八発の弾がのこっていた。

エイナルはそこから二発を取ると、最初のふたつの薬室に装塡し、アンナに銃をわたした。

エイナルはアンナに自分の力だけで銃の重さをささえさせた。アンナは父親を見た。すると、エイナルはうなずきかえし、娘を安心させた。

「その位置だ。やさしく、だが、しっかりかまえろ。それから、親指で撃鉄を起こし、照門《しょうもん》と照星《しょうせい》を使って、撃ちたい木に照準《しょうじゅん》を合わせるんだ。引き金を引くときも、照準が狂わないようにするんだぞ。それから、息を止める。引き金を引くスピードはおそくても速くてもいいが、銃がぐらつかないように注意しろ。さあ、これで準備はできたぞ」

アンナの指がためらいがちに引き金を引いた。とつぜん、大きな銃声がひびいた。その音はアンナとシーグがこれまでに聞いたことのあるどの音よりも大きなものだった。森の奥からかん高い鳴き声をあげながら鳥たちが飛びたった。そして、そのあとを追うように、銃声がこだまとなって湖の反対側からこちらにもどってきた。

「はずれたわ」アンナがいった。

「いや」エイナルがいった。「ほら、あの木を見てみろ」

十メートル近くはなれたところにある松にこぶし大のささくれだった穴が開いていた。

「でも、あたしが狙いをつけたのはあの木じゃないから」アンナはそういうと、声を出して笑った。それから三人全員が笑いだした。

シーグはアンナから銃を受けとると、狙いをさだめた。ずっしりと冷たい金属の重みを感じ、頭に、父親が説明してくれた、これから銃の内部でおきることが映像となってうかんできた。シーグは頭が空っぽになるのを待ってから、照準をのぞきこんだ。

父親がいっていたように、次の瞬間にはすべては終わっていた。

すさまじい銃声のせいで耳鳴りがした。アンナがこういうのが聞こえた。「シーグもはずしたわ！」

「いや、はずしてないさ」エイナルがいった。声には息子をほこらしく思う気もちがこもっていた。「見てみろ、シーグはおまえが開けた穴を撃ちぬいたんだ。ほら、大きくなってるだろ。おまえが狙ったのはあの穴なんだろう?」

シーグはうなずいた。

シーグは姉の手前、うれしさを顔に出すまいとしたが、心のなかではこれまでの人生で一度も味わったことのないほどの快感をおぼえていた。信じられないほどすばらしい、ことばでは何ともいいあらわせない感覚だった。おそれはまったく感じなかった。

ただひとつおそろしいのは、銃を撃つのはとてもかんたんだということだった。だが、そのことをシーグが理解したのはそれから数年がたってからだった。

第十九章　日曜日　夕暮れ

ウルフは、たとえ死者とテーブルを共有することを不快に思っていたとしても、それをおもてには出さなかった。

「どんな食いものがある？」ウルフがいった。シーグはパルトという、じゃがいものだんごに肉を詰めたものをあたためなおした。前の日に食べて深なべのなかですっかり冷たくなっていたものだった。

ウルフはいすをふりまわすようにして、テーブルのはしに移動させた。そして、シーグがパルトの入った皿をもっていくと、エイナルの足を押しやり、皿一枚を置くにしてはひろすぎるほどの場所をあけた。

それを見ていたシーグは自分に腹がたった。どうしてぼくはウルフをどなりつけてやれないのだろう。父さんを侮辱《ぶじょく》するようなことはやめろといってやれないのだろう。もちろん父さんはもうなにをされても気分を害することはないけれど。

「食わないのか?」ウルフはいった。

シーグは首を横にふった。

ウルフは肩をすくめ、エイナルのブーツをはいた足をさらに遠くに押しのけた。

スプーンを口に運ぼうとしていたウルフの手がとまった。ウルフはスプーンを皿にもどすと、前を見つめ、それから、右側に立つシーグを見た。ウルフはコートのすそをうしろにたらしてすわっていたので、ホルスターに入った黒光りする銃が見えていた。

「やめろ!」シーグは自分でも気づかないうちに衝動的にさけんでいた。

シーグが身をかわすまもなく、ウルフはいすをうしろに飛ばすいきおいで立ちあがり、シーグの胸を片手で突いて、小屋のざらついた木の壁に押しつけた。そしておおいかぶさるようにしてシーグの顔に顔を近づけ、くさい息を吐きかけた。だが、ウルフの体からはもっとひどい悪臭《あくしゅう》が、馬とすっぱい汗のにおいのまじった強烈《きょうれつ》なにおいがした。

一瞬、シーグはこのまま殺されるのではないかと思ったが、すこしすると、ウルフはゆっくりと体をシーグからはなし、床にころがったいすを起こして、テーブルに置かれた皿の前にもどした。

ウルフはいすにすわると、スプーンを手にし、パルトの入ったシチューを食べつづけた。

シーグはぐったりと壁によりかかった。あたたかいものが首をつたい流れるのを感じた。

ウルフがものすごい力で壁に押しつけたので、頭のうしろが切れたのだ。

「頭が切れた」シーグは指先で首のうしろの血をたどりながらいった。

ウルフはシチューに息を吹きかけると、音をたててすすった。

「おれのせいか？」

それは答えを期待しての質問ではなかった。

シーグはなにもいわなかった。傷はたいしたものではなかった。シーグは今回のことで知った。腹をたてたウルフはおそろしいが、すくなくとも、自分にはウルフの気もちをかきみだすことができるのだと。すくなくとも、この男を怒らせることはできる。逆上《ぎやくじよう》したウルフを相手にするほうが、これまでのロボットのように感情を出さないウルフを相手にするよりましだった。

これまで、シーグはブーツでふみつぶされるのを待っている蠅《はえ》のような気分でいたが、やっと大男と対する少年の気もちになることができた。

第二十章　日曜日　夕暮れ

「ゲームは好きか？」

シーグは空になった皿を窓ぎわのカウンターに置きながら、いったいウルフはなにをするつもりなのだろうと考えた。気がつくと頭のなかで距離とスピードを計算し、とびらまで行くルート、そしてそこから外へ行くルートと物置へ行くルートを考えていた。だが、考えはじめるたびに、シーグはその考えを頭のなかでうち消した。なんといっても、ウルフは腰に銃をぶらさげている。ウルフがその引き金を引いたなら、銃口から最後の熱いガスがひとすじ出てくる前に自分は死んでいるだろう。シーグは気がついていた。ウルフがもっている銃は新しいから、父親が前に話していた最新の無煙火薬の弾を使っているはずだと。無煙火薬の威力はすさまじく、シーグの体を撃ちぬいた弾頭の痕跡《こんせき》はほとんどのこらない。そしてシーグの体をおそろしいほどのあっけなさで小屋の反対側までふきとばすだろう。

「ゲームは好きかと聞いてるんだ」

「そんなことをする時間はないから」シーグはいった。それはほんとうのことだった。

アンナと湖で泳いだり、雪のなかで遊んだりしたこともあるにはあったが、そういう日々は、まるで死の近づいた犬が人目のつかない場所に行ってしまうように、遠くへ行って二度ともどってはこないように思えた。ただ、アンナとシーグはギロンに来て最初にむかえた冬に、ふしぎなものを見つけた。雪のいたずらだった。ふたりは生まれてからずっと極北の地で暮らしてきたが、そんなものを見たのははじめてだった。

ふたりは小屋の裏の森の手前に位置する、背の低い木ばかりがおいしげる雑木林《ぞうきばやし》のなかを探検《たんけん》していた。そして、雪のなかを歩いていたとき、とつぜん、シーグの足の下の雪がしずみこみ、体が雪のなかに腰までうもれてしまったのだ。

数歩うしろを歩いていたアンナが声をあげて笑った。

「シーグ！　覚悟しなさい！」

アンナは雪の玉をつくり、シーグの顔になげつけた。シーグは深く雪にうもれていて身動きがとれなかったので、よけることができなかった。

シーグは姉に悪態《あくたい》をつきながらも、笑わずにはいられなかった。そして、さけんだ。「姉さんもためしてごらんよ！　雪のなかにうすい氷の層《そう》みたいなのがあるんだよ。ここにある木はみんなほんとうはこんなに背が低くないんだ。じつはかなり上のほうまで雪にうもれてるんだよ。今のぼくみたいにね！」

アンナには弟のいいたいことがわかった。そして、おそるおそる弟のほうへ近づいていくと、アンナの足はほんの五、六センチしかうもれなかったが、シーグのいるところまで四、五十センチというところで歩くスピードをあげると、たちまち弟と同じように腰まで雪にうもれてしまった。

これは、雪がふったあとでその表面だけが解け、それがふたたび凍る現象《げんしょう》で、短い時間にそれだけの気温の変動があると、ときどきおきることらしい。

その日、姉弟《きょうだい》は同じような場所をほかにも見つけると、父親を林に連れだした。エイナルはふたりよりも体重があるので、たちまち胸まで雪にはまりこんでしまった。ふたりはそれを見て大笑いし、雪玉を父親になげつけた。


「よし」ウルフがいった。「いい機会だ。これからふたりでちょっとしたゲームをやろう。おまえの姉さんが帰ってくるまでのいいひまつぶしになる」

ウルフはいすをうしろに引き、足をふりあげてテーブルの上にのせた。毛布からはみ出しているエイナルの足のブーツのそばに、ウルフのブーツがならんだ。だが、今回はウルフはエイナルの体にはふれなかった。

「ゲームのルールを説明する。おれがおまえに質問をする。ただしい答えをかえせたら、おれはこの小屋を出て、馬に乗って帰る。こたえられなかったら、このまま、ここにいつづける。そして、もし、まちがった答えをかえしたなら……」

ウルフは笑みをうかべた。最後まで聞かなくてもシーグにはウルフがなにをいおうとしているか想像がついた。だが、だまったままでいた。目の前の男がどんなひどいことを自分にするつもりか、知りたくなどなかった。

「準備はいいか？　よし」

シーグは窓辺に立ち、湖を見て祈った。姉さんがちゃんともどってきますように。ひとりじゃなく、ナディアといっしょに、そして、会社の人たちを連れて。ふたりはだれを連れてくるだろう。ベルイマンさんだろうか、それとももっと若い人たちだろうか。

「じゃあ、最初の質問だ。おまえのおやじがおれからぬすんだ金《きん》はどこにある？」

第二十一章　日曜日　夜

なにかを思いおこしただけで、そのすがたやにおいや手ざわりを、じっさいに見たり、かいだり、感じたりすることはできるのだろうか。

どんな答えをかえせば、自分の身に危険《きけん》がおよばずにすむだろうと考えはじめると、シーグは頭にコルト銃がうかび、それ以外のことは考えられなくなってしまった。まるで、銃が物置からよびかけているかのようだった。そして、三メートルもはなれた場所にある木箱のなかに入っているというのに、シーグは銃の冷たい金属の重みを手のなかに感じ、金属と油のにおいだけでなく、発射された小さな死の小包が回転しながらウルフにむかって飛んでいったあとの、燃えた火薬のかぐわしいかおりすら鼻にとどいた。

ときどき、シーグはふしぎに思うことがあった。どうして銃弾《じゅうだん》は大きな損傷《そんしょう》をあたえることができるのだろう。どうやったら、あんな小さなものが、心臓や頭にあたらなくても、かんたんに人を死にいたらしめることができるのだろう。だが、あるとき、父親が説明してくれた。弾頭にこめられた莫大《ばくだい》な力が、命中したものにこぶし大の、あるいはもっと大きな穴を開けることを。もし、弾頭を受けたのが肉体だとしたなら、その穴はふたたびうまるが、損傷はのこり、大量の血液がうしなわれることを。

シーグはウルフを見つめていたが、見えているのは目の前のウルフではなかった。シーグに見えるのはコルト銃だけだった。後部にある撃鉄は起こされていて、弾のうしろに落ちる準備はととのっている。そして、銃身の先端上部にある照星は狙いにさだめられている。シーグが銃をにぎってから数年がたっていたが、それでもまだ銃のすがたははっきりと頭にうかんだ。

ウルフは質問に対する答えを待っていた。いすにふんぞりかえり、腰にさげたホルスターにはリボルバーが入っている。ウルフは片手を銃の近くにたらし、銃がシーグの目につきやすいようにしていた。手を銃の握りのほうにのばし、指でその背や撃鉄をさわっているが、つかんでホルスターから取りだすことはなかった。

ウルフはシーグを穴があくほど見つめた。シーグには考える時間はあまりなかった。

「もうすこしコーヒーをいかがですか?」シーグは舌がもつれそうになりながらいった。

ウルフはすこし間をおいてから、うなずいた。

シーグは息をとめ、気もちをしずめようとした。

「それじゃあ」シーグはどもりながらいった。「あの、豆を取ってきます」

シーグはとびらにむかった。玄関に出て、物置に行くために。そしてそのとき、自分のおかしたまちがいに気づいた。

「待て！」

ウルフがどなるように命じ、シーグは足をとめた。「ぼうず、コーヒーはもうこの部屋にあるだろう。ほら、あそこだ、あのカウンターだ」それから、まるでことばがのどでつかえているかのようにくぐもった声でいった。「おまえがさっき置いた場所にある」

シーグはほかの目的があったことをかくすために、すぐに部屋にもどってきた。

「ああ、そうですね。わすれてました」

シーグはぎこちない動作でやかんに水を足した。ストーブの上に水がこぼれ、シューッと蒸発《じょうはつ》する音が小屋にひびいた。シーグはコーヒーミルに手をのばした。そしてウルフが口をひらいたときにはほっとした気分にさえなった。

「コーヒーはもういい。質問にこたえろ」

シーグはウルフのほうにむきなおった。

「すみません。でも、父は金なんてもってませんでした」

ウルフは立ちあがった。

「質問は三度しかしないぞ」ウルフはいった。「これは二度目だ。おまえのおやじがおれからぬすんだ金はどこにある？」

シーグの口からことばがころがるように飛びだした。「そのことについてはぼくはなにも知らないんです。」

「ほんとうです」シーグは早口でいった。「そのことについてはぼくはなにも知らないんです。父さんは金などもっていません。ぼくは金なんて見たことがないです。ぼくら家族は裕《ゆう》福《ふく》な生活をしたことがありません。この町に来るまではずっとあちこちを転々としていました。だから、財産なんてないし、ひとつの場所で長く暮らしたこともありません。ぼくはほんとうになにも知らないんです。うちには金などありません」

「この小屋を買えるだけの金はあったわけだろ」

「いいえ」シーグはいった。「この小屋は会社のものです。ベルイマン社が所有してます。ここにあるものはすべて会社のものです」

「それがほんとうだろうが、うそだろうが」ウルフはいった。「おれがおまえのおやじに大きな貸しがあることに変わりはない。やつはおれから金をぬすんだんだからな。取引をしたにもかかわらずな」

「どんな取引ですか？」

ウルフは一歩シーグに近づいた。

「それはおれとやつのふたりだけの秘密《ひみつ》だ。ところが、やつは死んじまった」ウルフは笑みをうかべた。黄色い歯が、もつれた赤褐《せっかっしょく》色のあごひげのむこうにのぞいた。「だが、死人にも口はある」

「今、なんていったんですか」シーグは信じられない思いできいた。

「なんだ？」ウルフはうなるようにしていった。

「それは父の口ぐせでした」シーグはきっぱりといった。まるで、父親のだいじなものをぬすまれたような気分だった。

ウルフはなにかを思いだしたように、にやりと笑った。

「ああ、そうだったな。死人にも口はある――やつはそういってた。だが、これも、やつのまちがいのひとつのようだな。死人となったやつ自身はなにも語っちゃいないだろ。だから、さあ、おまえがおやじのかわりに話せ。おれがやつを十年追ってきたのは、話の結末を知りたかったからさ。

おれは凍死《とうし》しかけた。二度もだ。そして、つねに腹をすかせてた。人間が食っちゃならないものも食ってきた。雪と氷のなかをはいずりまわったせいで、あやうくもう一本の親指も凍傷《とうしょう》でなくすところだった。両手の親指がない人間なんてクズも同然だ。おれはこの十年で何百回となく行きだおれかけたが、それでも死ななかった。おれは前に進みつづけた。わかってたからさ。おれの金がおれを待ってるとな。

それで、今、おれはこうしてここにいる。もう、おまえには二度質問をした。だから、次が最後だ。いいか、今度こそ、ちゃんとこたえろ」

また一歩、ウルフはシーグに近づいた。シーグはあとずさった。かかとが壁にあたる。もう、にげる場所はない。

ウルフは首をつきだし、さらに頭を前にかたむけ、狂気にみちた目でシーグの顔をまっすぐに見すえた。

「どこだ」ウルフはささやくようにいった。切りさかれたのどから息がもれ出てくるような声だった。「おまえのおやじがおれからぬすんだ金はどこにある?」

シーグは目を閉じた。さあ、もうすぐだ。ことのあいだ、勇敢《ゆうかん》さだけはわすれないようにしなくちゃならない。

シーグは息を吸いこんだ。

そしてゆっくり話しだした。とてもゆっくり、そしておだやかに。まるで、夏の日に幼い子どもに語りかけるように。

一字一字を切るように発する。

「し、り、ま、せ、ん」

ごく短い間があった。空間と時間に小さなへだたりが生じ、シーグは一瞬、心臓の動きがとまるのを感じた。次の瞬間、ウルフがシーグの頭をいきおいよく壁に押しつけた。さっきできた傷口がふたたびひらいた。

シーグはうめき声をあげ、床にしゃがみこんだ。あまりの痛みに目がかすみ、シーグは四つんばいになった。視界のはしにウルフのブーツが見える。その片方がうしろにふりあげられ、今にも、シーグの頭をけりつけようとしていた。

そのとき、玄関のとびらのむこうから足音が聞こえ、つづいて掛け金をいじる音がした。ブーツはふりおろされるとちゅうでとまった。シーグは頭をとびらのほうへむけた。まるで主人の帰りを待っている犬のように。

そしてとびらがひらいた。

アンナが入ってきた。

シーグは体を起こし、壁に背をもたせかけた。ウルフはアンナの全身をなめるように見た。雪のついた足もとから、毛皮の帽子のところどころからはみだしているウェーブのかかった長い茶色の髪や、寒さでバラ色にそまったほおまで。そして、ふっくらした若々しいくちびるの上で視線はとまった。

「ずいぶん」ウルフの口からもれ出たことばはアンナの体にからみついた。「成長したな」

シーグは目をこらしてアンナの体ごしに外を見ようとした。そして、がっくりとこうべを垂《た》れた。

アンナはひとりだった。

神さえも最後の船でノームを出ていく

発言者不明

一九〇〇年
ノーム
北緯六十六度

第二十二章　世界のへり

新しくノームの住人となった人々のあいだでしじゅうかわされる、ちょっとしたジョークがあった。「ノームには季節がふたつしかないのさ。冬と独立記念日（七月四日）のふたつだけしか」。エイナルとマリアもよくこのジョークを口にした。ただし、ふたりはこの軽口の背後《はいご》にある現実を知っていた。

だが、七月四日が近づくころには、エイナルの家族をとりまく状況《じょうきょう》は安定したものとなっていた。マリアの病気も、ほぼ一日じゅう夜がつづく、長くきびしい冬の恐怖《きょうふ》も、記憶《きおく》のかなたへと消えさっていた。エイナルはコルト銃《じゅう》を箱にもどし、マリアののぞみどおり、子どもたちの目にふれない場所にかくした。

マリアは昼間は子どもたちと家ですごし、粗末《そまつ》な小屋を家族が住むにふさわしい場所へすこしずつととのえたり、子どもたちにかんたんな料理やそうじを手つだわせたりした。また、買いものに行き、春になってこの地にやってきた、少数の良識《りょうしき》ある女性たちとあいさつをかわすようにもなった。

ノームの町は発展《はってん》していった。近くの山を流れる小川からフロントストリートにパイプが引かれ、だれもが新鮮《しんせん》で清潔《せいけつ》な水をかんたんに手にいれることができるようになった。酒場の建設作業はついに終わり、町ではじめての二階建ての建物が完成した。店の二階には十二の部屋があったが、娼婦《しょうふ》が待機《たいき》している部屋はひとつもなかった。

ある日、うわさが町をかけめぐった。酒場の新しい共同経営者があの悪名高きガンマン、ワイアット・アープだという情報がもれつたわったからだった。うわさによると、アープは店に出資《しゅっし》していて、船でもうすぐ到着《とうちゃく》するということだった。

エイナルは鉱石分析官《こうせきぶんせきかん》としての仕事をつづけていて、大金ではなかったが、家族に食べものと着るものを買ってやれるだけの金をもち帰ることができていた。きりつめた生活をしていれば、いくらかたくわえをのこすこともできた。

鉱石分析所で働きはじめてから数か月がたっていた。仕事は順調だった。ソールズベリー氏はときどき、ようすを見に分析所をおとずれ、そのたびに、エイナルの働きぶりをほめた。

「化学を勉強するのはたいへんじゃなかったかい？」あるとき、ソールズベリー氏はたずねた。

エイナルは首を横にふった。

「いいえ」エイナルはうそいつわりのない気もちを口にした。「わたしはもともと、知りたがり屋なんです。世のなかのことや、もののしくみに興味《きようみ》があるんです。わかってもらえますか?」

ソールズベリー氏は声を出して笑った。

「ああ、わかるよ。だが、そういう人間はあまり多くはないだろうな。貴重《きちよう》な資質《ししつ》だぞ、エイナル。その調子で学びつづけろ、そうすれば、君のような男にはいつだって仕事はあるはずだ」

それからソールズベリー氏は分析所内のだれにも聞かれないよう、エイナルに顔を近づけていった。

「真実を知りたいか? ほんとうのことを知りたいか、エイナル? ここにいる鉱夫たちも、一攫千金《いつかくせんきん》を夢見てやってきたやつらも、一生金もちにはなれない。大半のやつらは、今後も、夢はもうすぐかなうと思える程度《ていど》の砂金《さきん》を見つけつづけるだけで、夢が現実になることはぜったいにないさ。なかには大もうけするやつもいるだろうが、金もち気分を味わえるのはぜんぶ使いきっちまうまでのたった数日間のことだ。そして、じっさいに金もちになるのはわたしや君のような人間、つまり、町で事業にたずさわっている人間だけだ。酒場の経営者であるアープ氏もここに着けば、そのひとりとなるわけだ。

二度と金の誘惑《ゆうわく》に負けるんじゃないぞ、エイナル。真実は今いったとおりなんだからな」

ソールズベリー氏はそういって帰っていった。そして、その日の夜、仕事が終わり、エイナルは分析所の戸じまりをしていた。

分析所を出て、入口の鍵《かぎ》をかけ、帰ろうとふりむくと、エイナルはだれかにぶつかった。

「すみません」エイナルはいい、それから、ぶつかった相手が、海岸で見かけた例の熊男だと気づいた。熊男の名前はウルフといい、やっかいな男だと町では評判《ひょうばん》になっていた。

「金を分析してもらいたい」ウルフはつぶやくようにいった。

「すまないが、明日の朝に来てくれ」エイナルはいった。「今日はもう戸じまりをしてしまったから」

そういうとエイナルは歩きさろうとした。

「じゃあ、開けてくれ」ウルフはいい、動こうとしなかった。

「それはできない」

「いや、できるさ。鍵をもってるだろ。おまえが鍵をかけたんだから、また開けることはできる」

エイナルはのどがからからにかわくのを感じた。

「ほんとうにすまないが、ソールズベリーさんはこういうことにとてもきびしいんだ。わたしがあんたのために事務所を開けたとなれば、大問題になる。あんたも面倒《めんどう》はおこしたくないだろう」

とつぜん、エイナルの体がガラスのとびらに押しつけられた。

「ああ」ウルフはいった。「面倒はおこしたくないね。だから、さっさと鍵を開けて、おれの金を分析しろ」

「明日いちばんにそうすると約束する」

「だめだ。おれは今夜、自分のなわばりにもどる必要がある。ほかのやからに横取りされるとこまるからな。だから、今、分析しろ」

だれも熊男の採掘地《さいくつち》をうばったりなどしないだろうとエイナルは思ったが、口にはしなかった。だが、ウルフのおどしに屈《くっ》するつもりもなかった。

「申しわけないが」エイナルはゆっくりいった。「後悔《こうかい》することになるぞ」

ウルフのポケットからきらりとひかるものが出てきた。ナイフだった。

「エイナル、どうかしたのか?」

通りから声がした。

ウルフの肩ごしに通りのほうに目をこらすと、いいあらそう声を聞きつけた酒場の常連《じょうれん》客《きゃく》が四人、遠まきに見守っていた。

「だいじょうぶか? 助けが必要か?」

エイナルはなにもいわなかったが、ウルフがナイフをポケットにそっともどすのが見えた。

ウルフはきびすをかえした。

「なんでもない」ウルフはいい、にげるようにして通りを歩きさった。

「だいじょうぶか、エイナル？」友人たちが声をかけてきた。「いっしょに一杯《いっぱい》やらないか？」

「いや、今日は帰ったほうがよさそうだ。なにしろ、夕飯が待ってるからな！」

「ああ、帰れ、帰れ。このしあわせ者が！」

友人たちが行ってしまうと、エイナルは家に帰るために通りを反対方向へいそいだ。酒場では、エイナルがとても美しい妻をもっていることを友人たちが祝福し、乾杯《かんぱい》していた。その美しい妻は、なにかというと聖書のことばをもちだしすぎるきらいがあったのだが。

ふたつ先の建物の前で、エイナルが去っていくのをウルフがじっと見つめていた。

第二十三章　ヨブ記

　死人にも口はある。そのことわざをエイナルはスウェーデン人の父親からではなく、母親から受けついだ。若いアンナは、そのことわざを「ほんとうの意味で終わるものはこの世には存在しない、過去《かこ》はいつでもわたしたちとともにある」と解釈《かいしゃく》した。

　アンナはその解釈を自分でみちびきだした。その夏、アンナは、父親が鉱石分析所でせっせと働き、母親が小屋を家らしくしようとしているあいだに、多くのことを自分の力で理解した。

　アンナが母親から学んだことわざもあった。アンナはすぐにそのことわざをおぼえてしまった。マリアがたびたび口にしたからだ。「去年ふった雪の話をするのはやめましょう」アンナは母親がそのことばを、人々が前におきたことをめぐって口論《こうろん》しているときに、ひんぱんに使うことに気づいた。

ソールズベリー氏はある日マリアがそのことばを口にするのを聞いて、同じ意味をあらわす英語のことわざを教えた。

「過去のことは水に流せ《レット・バイゴーンズ・ビー・バイゴーンズ》」ソールズベリー氏は、教師が生徒に教えるかのように、ゆっくり、はっきり、発音した。だが、マリアはじっさいにそのことばを口にしてみたあとで、声を出して笑った。

「やっぱり、わたしは母さんの教えてくれたことばのほうが好きだわ。『去年ふった雪の話をするのはやめましょう《ターラ・インテ・オム・デン・スヌー・ソム・フール・イ・フィヨル》』こっちのほうがいいひびきよ」

アンナが母親のべつの特徴《とくちょう》に気がついたのもこのころだった。マリアはつねに聖書のことばを引きあいに出すのだ。眠っているとき以外はいつでもなにかしら聖書から学ぶべきことがあると考えているのだった。母親は聖書を箱にたいせつにしまっていた。父親が四十四口径のコルト銃をだいじに保管《ほかん》しているのと同じだった。母親の聖書と父親の銃のただひとつのちがいは、片方はつねに部屋にあり、もう一方はつねに目につかないところに置かれていることだった。だが、ふたつはともに、活躍《かつやく》のときをいつも待っていた。

めったにないことだったが、シーグとアンナがけんかをすると、マリアはふたりに「右のほおを打つ者には左のほおもむけなさい」といって聞かせた。また、シーグが行儀《ぎょうぎ》の悪いふるまいをしたり、怒ってへそをまげたりしたときには、やさしく「悪から遠ざかって善《ぜん》をおこないなさい」といった。

ノームにはまだ教会がなかったので、「マリアが教会だ」というジョークが町じゅうにひろまった。教会での一年分の説教《せっきょう》を聞きたいなら、かわりに三十分マリアとすごせばいいと、人々は冗談《じょうだん》めかしていった。そして、敬《けい》けんなキリスト教徒であるエイナルでさえも、アンナの前で、ひんぱんにマリアの信仰《しんこう》に異議《いぎ》をとなえた。だが、ほんとうに辛《しん》らつな批判《ひはん》をするのはまだ幼いシーグだった。

「もし、神さまがぼくたちをすごく愛しているのなら」シーグはいった。「どうしてぼくたちはこんなにお腹をすかしているの？」

一家はたしかに、マリアが病《やまい》にふせっていた冬のあいだにくらべれば、安定した暮《く》らしを送っていたが、それでもなお、食べものにこまる日々がすくなくなかった。それがノームという町の現実だった。

マリアはシーグを自分のひざにのせ、すべてを説明した。シーグは、母親が聖書にある、ヨブという男の話を聞かせているあいだ、母親の青いワンピースにほどこされた赤い花の刺《し》しゅうを見ていた。母親の話は長く、むずかしかった。アンナもそばで話を聞いていたが、すべてをきちんと理解することはできなかった。

ヨブは神を愛する善良《ぜんりょう》な男だった。そして、どんなにひどいことがおきても、神を呪《のろ》わず、崇拝《すうはい》しつづけた。家をなくし、召使《めしつか》いをなくし、家族をなくし、すべての息子《むすこ》と娘をなくしても、ヨブは神の愛を信じつづけた。

シーグは考えこむようにして聞いていたが、母親が話しおえると、いった。「だけど、どうしてぼくたちはずっとお腹をすかせたままなの？」

ちょうどそのとき、とびらがひらき、分析所からもどったエイナルが入ってきた。髪はいつものように油でうしろになでつけられている。だが、髪の油を流しに行く前に、エイナルはシーグをだきあげ、こう約束した。

「もう二度とおまえたちにひもじい思いはさせない。父さんは約束する。この町をはなれたら二度とひもじい思いをさせない」

「エイナル、ここを出ていくの？」マリアがきいた。声には希望がまじっていた。

「秋には出ていく。最後の船でだ。夏のあいだは分析所で働くつもりだが、ここで冬を越すことはしない。約束する」

そして、四人はそれぞれ形はちがうものの、二度とここで冬を越すことはなかった。

第二十四章　やけどする水

ウルフを追いかえした翌日《よくじつ》、エイナルはウルフがなにかしらさわぎをおこすことを覚悟《かくご》していたが、それはいらぬ心配に終わった。

ウルフはあのあと朝まで酒場ですごし、翌朝には完ぺきなまでに礼儀《れいぎ》ただしいふるまいをした。

それでも、ウルフは金を分析してもらうための列の先頭にならび、分析所が開くのを入口の前で待っていた。分析所ではエイナルのほかに、その夏の最初の船でこの町に着いたふたりの男が、やはりソールズベリー氏の任命《にんめい》を受けて働いていた。ひとりはウェルズという名の体の弱い年配《ねんぱい》の男で、事務員として働いており、もうひとりはフィゲスという名の、体は大きいが頭のすこし足りない、エイナルと同い年の男だった。フィゲスはもめごとがおきたときに、腕力《わんりょく》をふるうためにやとわれているようだった。

第二十四章　やけどする水

三人の所員はおたがいを信用していなかったが、それこそがここではだいじなのだとエイナルはすぐに理解した。ウェルズはつねに自分の帳簿《ちょうぼ》をこまかくしらべ、真鍮《しんちゅう》のペン先のついたペンを走らせていたが、ペンを動かしながらも、いつも横目でエイナルを監視《かんし》していた。エイナルはきちんと仕事をこなしつつ、フィゲスのようすをしっかりうかがっていた。フィゲスは、てきとうな相手が見つかりさえすれば、あっさり殺人をおかすような人間に見えた。

フィゲスは自分の席につき、ほぼ一日じゅうなにかを食べていた。そして、気だるげに、エイナルとウェルズを交互に見ていた。

だが、金を分析し、重さをはかるのはエイナルひとりの仕事だった。小さなるつぼを高温で熱して金を精錬《せいれん》する方法や、硝酸《しょうさん》をもちいて不純物を除去《じょきょ》する方法をエイナルに教えたのはソールズベリー氏だった。エイナルの机は小さな実験室だった。天秤《てんびん》、バーナー、酸をはじめとする化学薬品の入ったいくつものびんがところせましと置かれていた。

ウルフは小さな紙につつんだいくつかの金のつぶをエイナルにわたした。

「分析してくれ」

「結果はあとで聞きにくるかい？　分析にはすこし時間がかかるが……」

「いや、待つ」ウルフはいい、いすを引っぱってきて、エイナルのすぐそばにすわった。

フィゲスはついにもめごとがおきるかと期待し、いすにすわったまま背すじをのばした。

ウェルズは、帳簿になにかを書きこんではこちらをながめるということをくりかえしていた。

エイナルは落ちつかない気もちでウルフのもってきた金を分析しはじめた。心のなかで金が質のいいものであることを祈った。できれば、ウルフのさがしあてたものが価値のないものだとつげる役目はにないたくなかった。

エイナルはふるえる手でバーナーをるつぼの下にやった。ウルフはそのようすをじっと見つめていた。

「寒いのか?」ウルフはあざけるようにいった。その日はふだんのノームでは考えられないほど暑い日だった。

エイナルはウルフを無視《むし》し、小さな金のつぶをるつぼに落とし、じゅうぶん熱せられるのを待った。そしてそのあいだ、落ちつかなげにずっと手を頭にやり、カラスの羽と同じくらい黒々とつやが出るまで髪をなでつけていた。

金を熱しているあいだに、エイナルは酸を準備《じゅんび》しはじめた。だが、フィゲスが、なにかがおきるのを心待ちにしながら机の下で銃をいじっているのを目にし、指がますますひどくふるえだした。

エイナルは硝酸を容器《ようき》にそそいだが、指がふるえていたために手にたらしてしまい、反射《はんしゃ》的《てき》にびんをほうりだし、いそいで流しに走った。

「水道が引かれていて、助かったよ」エイナルは手についた硝酸を洗い流しながら、肩ごしろう。

にいうと、ぜんぶきれいに落ちたと確信《かくしん》できるまで手を洗いつづけた。すばやく対処《たいしょ》したおかげで、やけどはたいした深さには達しなかった。運がよければ、あとものこらずにすむだろう。

ウェルズは、がたがたする机ごしにこちらをのぞきこんできた。フィゲスはふたたびすわりなおした。だが、エイナルは、ウルフがフィゲスの大きな手に銃がにぎられているのを見ていたことに気づいた。

ひょっとすると、フィゲスがはやまった行動に出たほうがこちらは助かるかもしれない。エイナルは思った。フィゲスを殺せば、ウルフの気もすむだろう。おれはこんなところで死にたくはない。

エイナルは手をふき、机にもどると、酸のびんと漏斗《ろうと》をひろい、机の上のものをすべて二度ずつきれいにふいた。運よく、エイナルのこぼした酸はるつぼにはかかっておらず、金の精錬はほぼ終わろうとしていた。

エイナルはいつも以上に注意深く酸を用意し、るつぼにのこった金をそのなかにいれた。すこしたつと、小さな金のつぶを酸のなかから取りだし、水で洗い流して天秤の上にのせた。

エイナルはがっかりした。目をウルフのほうへむけ、結果をつたえる。

「残念《ざんねん》だが、あんたのもってきた金はせいぜい十パーセントの純度しかない。おそらくその土地はこれ以上掘りつづける価値はないだろう」

エイナルはウルフの目をじっと見つめた。あばれだすのではないかと思ったが、ウルフは冷静だった。

「現金に変えるかい？」エイナルは小さな金のつぶをさしだしながら、たずねた。

「いや」ウルフはいい、金を手に取った。「それだけの価値しかないのなら、やめておく。今回のことをわすれないために、とっておこう」

エイナルにはウルフのことばの意味がわからなかった。だが、なにごともなく終わったことに、ほっと安堵《あんど》のため息をついた。

ただし、これですべてが終わったわけではなかった。

ウルフは長いこと、エイナルを見つめていた。エイナルの服そう、髪型、顔のすべてを細部にわたってまで記憶にのこそうとしているかのように見つめつづけた。ウルフの視線はエイナルの首から上を、まるで彼の手を焼いた硝酸のように焼きつくした。

ウルフはちらっとウェルズのほうに目をやった。そしてそれよりもうすこし長くフィゲスを見た。

ウルフは立ちあがり、いすを壁《かべ》ぎわに移動させ、また腰《こし》をおろした。

「お三人さん」ウルフはいった。「鉱石分析の仕事はじつに興味深い。しばらくここで見物させてくれないか？」

第二十五章　猟師《りょうし》の反応

「そろそろ終業時間だ」

エイナルは席を立ち、おどしには屈するつもりがないことをウルフにしめそうとした。ウエルズは眼鏡《めがね》をはずし、ケースがわりに使っている金属の筒にしまっていた。フィゲスは、騒動《そうどう》がおきるのを待つことに退屈《たいくつ》し、すでに帰っていた。

ウルフは一日じゅうかたい木のいすにすわっていた。そのうち、三人の所員もその存在をわすれそうになったほどだった。ウルフはときどき足を動かしたり、伸びをしたりしたが、それ以外はただすわって、じっとエイナルのやることを見つづけていた。

分析を依頼《いらい》してくる客はとぎれることがなかった。エイナルは作業に追われ、昼食をとることすらできなかった。ウルフも昼を食べなかった。分析所を閉める時間だとつげ、すぐにウルフがいすから立ちあがるのを見たときにはエイナルはうれしさがこみあげた。金をもちこむ男たちのなかには、質のいいものをもってくる者もいくらかはいたが、大半はほとんどなんの価値もないようなものをもってきた。それでもウルフはすべての客をじっと観察《かんさつ》し、エイナルが彼らの金を分析し、計量し、現金をかぞえてわたすようすを見ていた。

「おもしろい」ウルフはいった。「じつにおもしろいな」

そうしてウルフは帰っていった。


だが、翌日、机について仕事をはじめてから二時間ほどたったとき、エイナルはとつぜん、窓《まど》の外に視線を感じた。顔をあげると、ウルフがじっとこちらを見つめていた。熊男ウルフはすぐに窓からはなれ、板ばりの道を歩きさっていった。だが、翌日もウルフはあらわれた。その翌日も、そのまた翌日も。

そして、とうとう、その日が来た。終業時間の五分前に、ウルフがまたエイナルの机の前に来たのだった。

ウエルズとフィゲスはもう、ウルフを目にすることに慣れていて、時計が六時を打つと、とたんに分析所を出ていった。それぞれウルフとかかずらうより楽しいことが待っているのだ。

「申しわけないが」エイナルはいった。「もう閉める時間だ」

だが、そんなことをいってもむだなことはわかっていた。

「金を分析してほしくて来たわけじゃない。提案《ていあん》があって来た」

　エイナルは帰りじたくをはじめ、聞こえないふりをした。

「おまえに提案があって来たといったろう。取引だ。契約《けいやく》といってもいい」

　ウルフはエイナルの机のわきにまわりこんできた。そして、分析に必要な薬品や道具をながめた。硝酸のびんを手に取り、やさしくふって、なかの液体をゆり動かす。

　エイナルはウルフからびんをひったくるように取りあげると、そっと机にもどした。

「なにがいいたいんだ？」

　ウルフは笑みをうかべた。

「半分もらいたい」

「なんの話だ？」

「半分もらいたい。おまえの金の半分をくれ。おまえはとてもかしこい男だ。だからわかるはずだ。おれに半分くれ」

「なんの話をしているのかわからない」エイナルは机の上をかたずけながらいった。整とんする必要のないものまで整とんした。ウルフはしびれをきらし、エイナルの体をいきおいよく壁に押しつけた。

「おれを見くびるな。まぬけな仕事仲間の目はごまかせても、おれはだませないぞ。おれはおまえのやり口を知ってるんだ。おまえの金を半分よこせ。そうすれば、だまっててやる。

いいな？　相棒《あいぼう》だよ。おれとおまえは相棒なのさ」

「いいか、ウルフ」エイナルは身をよじり、なんとかウルフの手からのがれようとしながら、いった。「なんの話をしてるのかわからないが、もし、おれが金をぬすんでると思いこんでいるのなら、それが不可能なことぐらいあんたにだってわかってるはずだ。ここにはいつもウエルズとフィゲスがいるし、すべてをきっちり計量し、記録をのこしてるんだ。毎週ソールズベリーさんがチェックしにくるからな。ぜんぶ見ていただろう。その目で見ていたじゃないか」

ウルフは戸口のほうに歩きはじめた。

「ああ、そうだ」ウルフはいった。「おれはすべてを見た。だから、おれたちは相棒なんだよ、アンデション。わかるだろう。悪くない取引じゃないか？　おたがいが得をするんだからな。それに、おまえは信用できる男だとおれにはわかってる」

「わかってる？」エイナルは思わず口にしていた。

「ああ」ウルフはうなるようにいった。「そうだ。美しいかみさんによろしくいってくれ。それからかわいい子どもたちにもな」

ウルフはとびらを開け、出ていった。とびらがいきおいよく閉まる。エイナルはふたたび、いすに腰をおろした。そして、手で顔をおおい、泣いた。

第二十六章　空の音

「ほんとうにここを出ていくの？」ある夜、寝《ね》る前にアンナが父親にたずねた。

エイナルはアンナにむかってほほ笑んだ。

「ああ」

「でも、いつ？　また寒くなる前に？」

「今年最後の船で出ていくつもりだ」エイナルは娘のウェーブのかかった茶色い髪をなでながらいった。シーグは部屋の反対はしにある両親のベッドの足もとで鼻をすすっていた。マリアは歌を口ずさみながら食器を洗っている。

「でも、父さん、そのころにはもう寒くなってるんじゃない？　寒くなる前にここをはなれることはできないの？」

「おまえは雪が好きじゃないのかい？」エイナルがきいた。「オーロラは？　オーロラの音は？」

「好きよ。でも、ここの冬は長いんだもの。それにすごく寒いし。寒すぎるわ。去年ここですごして冬がきらいになっちゃった」

「そうだな。去年は母さんも病気だったしな。だが、今は元気だ、神さまのおかげでな。ただし、父さんはできるだけ長く分析所の仕事をつづけなければならない。だから、最後の船が来るまではここにいなきゃだめなんだよ」

アンナはしばらく考えこんでいた。父親が自分の髪をなでてくれているように、小さな木の人形の髪をなでながら。

それから、アンナは顔をしかめた。

「父さん？」

「なんだ？」

「今日、男の人たちが話してるのを聞いたの。その人たち、変なことをいってた。『神さますら、最後の船でノームを出ていく』って。これってどういう意味？」

一瞬《いっしゅん》、エイナルの顔がこわばった。

「たんに、ここの冬はちょっとばかりきびしいって意味さ」エイナルは静かな声でいった。だからマリアには聞こえていなかっただろう。「だが、われわれはそれをじゅうぶん知ってる。だから、ここから出ていくのさ」

「そっか」アンナはとても眠そうな声でいった。まぶたが重くなりはじめていたが、それでもアンナにはほかにもききたいことがあった。

「父さん？　父さんはあの熊男と友だちなの？」

第二十七章　崩壊《ほうかい》

ウルフとの一件をべつにすれば、アンデション一家を取りまく状況はよくなりつつあった。そして、家族のだれも、エイナルでさえ、嵐が近づいていることに気づかなかった。

マリアは毎日歌をうたった。そして、アンナも母親といっしょにうたうようになった。シーグは毎月二、三センチずつ身長がのびていった。シーグはノームの町を好きになっていた。町は毎日のように大きくなっているように見えた。どんどん新しい家が建ち、店の数も多くなっていった。海岸を多くのボートが行き来し、沖あいに停泊《ていはく》する船から人や物や道具や馬や犬ぞり用の犬を次々に運びこんだ。

町はますますにぎやかになっていった。母親からいつもひとりで出かけてはいけないといわれているにもかかわらず、シーグはチャンスがあればいつでも、町のあちこちをかけまわった。そして、いろんなものを目にし、おどろいた。船荷の積みおろしや、家や小屋が建つようすをながめた。とりわけ、それぞれにいろいろな事情をかかえてここへわたってきた人々を熱心に見つめた。

短い夏が終わった。町の人々のジョークのように独立記念日一日で終わったわけではないが、それよりはるかに長かったわけでもなかった。ノームに秋はない。すぐにまた冬がはじまった。はじめはきびしい寒さではなかったが、強い風が吹きつけてくるたびに、雪のにおいが運ばれてきた。

もうすぐ最後の船が出航《しゅっこう》する。


それがおきた日、エイナルはいつものように仕事をしていた。とても寒い日で、険悪《けんあく》な灰色におおわれた空には、低い雲が速く流れていて、神さえもアンデション一家が暮らす小屋でなにがおきたのかを見ることができなかった。

マリアは手を粉まみれにしてパン生地《きじ》をこねていた。そして、ふいにシーグがまたひとりで家をぬけだしたことに気がついた。

「アンナ」マリアはいった。「あなたがシーグを見てくれているとばかり思ってたわ。ちょっとさがしに行ってきてちょうだい」

人形で遊んでいたアンナは顔をあげた。

「えー、でも、外は寒いもの」

「そうね、でも、だからこそあなたは弟をもっとちゃんと見ておくべきだったのよ。さあ、行ってきて。あなたたちがもどってくるころには、お父さんも帰ってきてるだろうし、夕食のしたくもできてるわ」

アンナはいかにも子どもらしいため息をつき、大きなベッドの上に人形を置いた。

「すぐにもどってくるからね」アンナは母親が娘にいうように人形に声をかけた。「お母さんがいないあいだに悪さをしちゃだめよ」

アンナはコートを着て手袋をはめながら、そっと外へ出ていった。

「アンナ、いそいでちょうだい！」マリアが声をかけた。

母親にいわれたとおりアンナはいそいだ。フロントストリートを浜にむかって走った。シーグが、行き来するボートをながめるのが好きなことを知っていたからだ。だが、シーグは海岸にはいなかった。

だから、フロントストリートの裏《うら》の道を引きかえしてきて、町はずれに行ってみた。海沿いに鉱夫たちのテントがずらりと張られていて、それぞれのテントのかたわらでは、ボーリングポンプのアームが上がったり下がったりしている。そして、鉱夫のテントの列のずっとむこうには、地元の人々のテントが見える。こんな遠くからでも、アンナの耳にはそこにいる犬たちの吠《ほ》え声が聞こえた。それにこたえるように、ときどき、町のほうからも犬の声が聞こえる。

シーグはあんな遠くまでは行っていないだろう。アンナは思った。あそこまでさがしに行ったら、夕食がすっかり冷めてしまう。

それからアンナはひらめいた。もしかしたら、あの子は仕事場にいる父さんに会いに行ったのかもしれない。そうすることは禁じられていたが、シーグはこれまでにも何度か、父親が働く分析所に行っていた。

アンナはともかく分析所に行ってみた。だが、父親もシーグのすがたを見ていなかった。父親とともにいそいで家にむかったアンナは、わずかにパニックをおこしはじめた。エイナルはそんな娘を安心させようとこういった。「家にもどったら、母さんと三人で手分けしてさがそう」

だが、心配する必要はなかった。

フロントストリートにもどってみると、シーグがいたのだ。しかし、どういうわけか、シーグは小屋の戸口に立ったままで、とびらが大きくひらかれているのに、なかに入っていこうとしない。

冷たい空気が部屋に入ってこないように早くとびらを閉めなさい。きっとマリアはシーグにそういうだろう。

エイナルはすこし歩調をはやめ、それからまたさらにはやめた。

そして、ついには走りだしたので、アンナは父親についていくことができなかった。やがて、父親は戸口に立っている弟のところにたどりついた。そして、そのまま息子同様、凍りついたように動かなくなった。ふたりともじっと小屋のなかを見ている。

とつぜん、エイナルがシーグの体をうしろに押しやった。そして、アンナがたどりつくと、ふりむき、どなった。

「アンナ！」

エイナルは娘にむかってさけんだ。

「アンナ！　シーグをむこうに連れていってくれ」

アンナはわけがわからず、父親のほうにさらに近づいていった。

「アンナ」エイナルはまたさけんだ。「来るな！　シーグを連れて、むこうへ行ってろ」

エイナルはシーグをアンナのうでのなかに押しやった。するとアンナは反射的に弟をだきしめた。

「どうしたの、シーグ？」アンナはたずねた。「なにがあったの？」

エイナルは部屋のなかにはうようにして入っていった。まるで、足が動かなくなってしまったように。そして、父親に来るなといわれたにもかかわらず、アンナもそのすぐあとにつづいてなかに入っていった。

母親が見えた。といっても全身が見えたわけではなかった。母親は床にたおれていた。頭はベッドの足もと近くにあり、アンナの立っている場所からは見えなかった。だが、母親の体はぴくりとも動かなかった。両足が奇妙《きみょう》な角度でひらいていて、スカートがひざの上あたりでめくれている。アンナは小屋の床がゆっくりと色を変えていっていることに気がついた。茶から赤に変化してきている。

それが血だまりだと気づくのにすこし時間がかかったが、アンナはばかな子どもではなかったので、すぐに母親が死んでいることにも気づいた。

血の海のまんなかには、アンナの人形が横たわっていた。

強い体は精神を強くする。運動の一種として、私は銃《じゅう》をすすめる。銃は肉体を適度《てきど》に動かすのと同時に、大胆《だいたん》さ、冒険心《ぼうけんしん》、独立心をはぐくむ。それゆえ、散歩の際《さい》にはつねに銃を供《とも》として携帯《けいたい》すべきだ。

トマス・ジェファーソン
第三代アメリカ合衆国大統領
アメリカ独立宣言の主たる起草者

一九一〇年
ギロン
北緯六十八度

第二十八章　日曜日　夜

「おまえはもどってこないと思ってた」ウルフはアンナにむかってにやりと笑った。

アンナは一瞬《いっしゅん》、ウルフを見つめてから、説明を求めるように弟のほうに目をやった。

「だが、もどってきた」ウルフはわずかに身をうしろへ引きながら、つづけた。「犬たちも連れてもどったのか？　ずいぶん静かだったが」

アンナはウルフの質問にはこたえず、弟を助け起こしに行った。

「だいじょうぶ？」

シーグはうなずいた。

「いったいどうなってるの？」アンナはささやき声でたずねたが、シーグがちらっとうかべた表情を見ただけで、いい状況《じょうきょう》でないことはわかった。

アンナはシーグがいすにすわるのを手つだった。そして、そのときシーグの頭のけがに気づいた。

「血が出てるじゃない！」シーグはいい、おそるおそる頭のうしろの傷を手でさぐった。

「平気じゃないわよ」アンナはいい、水と布を取りに行った。そうするあいだも、自分の家に入りこんでいる見知らぬ男に監視《かんし》の目をひからせていた。

ウルフはテーブルからいすを運んできて、シーグのむかいにすわった。

「よし」ウルフはいった。「わきあいあいとしたふんいきじゃないか、えっ？　心あたたまる団らん風景だ。家族の人数は減っちまったがな」

アンナはこの見知らぬ男をにらんだ。

「おれとは初対面か？　どこかで会ったことがないか？」

シーグはウルフのほうを手でさししめしながら、いった。

「この人は……」

「ガンサー・ウルフです、以後お見知りおきを」

シーグはウルフをじっと見た。今度は愛きょうをふりまいているのか？　ほんのすこし前までぼくを殺そうとしていたのに。

「ウルフさんは父さんの知りあいだったらしいんだ。十年前に。それで……」

「ええ」アンナはいった。アンナの顔から血の気が引いた。

「ええ、わたし、あなたをおぼえてるわ」

第二十九章　日曜日　夜

「すわったらどうだ？」

ウルフはエイナルの横たわるテーブルのそばに腰《こし》かけたまま、頭で三つ目のいすをさししめした。

アンナはしかたなくそのいすをつかみ、シーグがすわっている場所の近くへ動かした。

「とうとう、おまえたちはふたりだけになっちまったな」ウルフがいった。

「三人だ」シーグはいった。アンナはシーグをだまらせようとしたが、おそすぎた。

「三人？」ウルフは背すじをのばした。「もうひとり子どもがいるのか？　いや、おまえたちには母親はいないはずだ。ということは……」

「ナディアがいる」シーグがいった。「ぼくたちの新しい母さんだ」

「シーグ、だまりなさい」アンナがいった。

ウルフはゆかいそうに姉弟《きょうだい》のやりとりを見ていた。

「ところで、ナディアはどこ?」シーグは姉にたずねた。「姉さんたちは助けをよんでこなかったの?」

アンナはなにもいわずに、シーグをにらみつけた。シーグはとつぜん、自分がどれだけ危《き》険《けん》なことをたずねているか気づいた。

ウルフが手をたたいた。

「だれも助けに来るやつなんていないだろ? それに、そのナディアとかいう、おまえらのおやじの新しい女はにげちまったんだよ。やっかいなことがおこりそうだと感じてな」

「うそだ!」シーグはいったが、アンナはだまったままだった。

「姉さん、いってやれよ」シーグはいった。

「子どもみたいなまねはやめなさい」アンナが小声でシーグをしかった。シーグはほおを打たれたかのように、いすへ深くすわりなおした。

「その女をせめられないさ」ウルフは軽い調子でいった。「夫っていう、わずかばかりの金と快楽をあたえてくれる相手をうしなったわけだろ? おまえらふたりの面倒《めんどう》を見るためだけにここにいるなんてまっぴらだったのさ。だれかべつの男を見つけるために出ていった。そうじゃないか? ただひとつ悲しいのは、その女はおまえらのおやじが金もちだと知らなかったことだ……」

ウルフにはげしい嫌悪《けんお》をいだいているにもかかわらず、アンナは好奇心《こうきしん》をおさえることができなかった。

「父さんはお金なんてもっていなかったわ」

「おいおい、そんなでまかせ通用しないぞ」ウルフはいった。「うそつきは承知《しょうち》しない」

「うそなんていってないわ」アンナはいった。

「この人がいうには、父さんはノームにいたころ、金《きん》をたくさんもってたらしいんだ。その金は父さんがこの人からぬすんだものだって」

「だまれ、ぼうず！」ウルフがするどい口調《くちょう》でいった。「いいか、おまえらのおやじは金をもっていた。そして、やつはおれと取引した。金の半分をおれによこすと約束したんだ。だが、そいつをよこさなかった。だから、おれはこうして取りに来た」

「父さんは金なんてもってなかったわ」アンナはいった。「ノームをはなれたとき、わたしたちは今と同じくらいまずしかった。あなた、目が見えないの？　もし、わたしたちがあなたの考えるように裕福《ゆうふく》だったとしたら、今、こんなところに暮《く》らしていると思う？」

アンナのことばはウルフを当惑《とうわく》させたようだった。

「おれにうそをつくな」しばらくしてウルフはいった。「おれは他人にばかにされるのがなによりきらいなんだ」

ウルフはいすを立ち、姉弟のいるほうへ近づいた。アンナは身を守ろうと、立ちあがり、挑戦的《ちょうせんてき》にあごをつきだした。

ウルフはアンナの前に立った。アンナは背の高い娘だったが、それでもウルフは、圧倒《あっとう》されるほどの大きさだった。ウルフは笑みをうかべ、顔をアンナの鼻先にまで近づけた。

アンナはあとずさった。足がぶつかっていすがひっくりかえった。ウルフはさらにアンナに近づくと、彼女の長い髪を手に取り、口に近づけてにおいをかぎ、それにキスをした。

アンナは身をかたくした。ウルフは髪から手をはなした。

シーグがいすのひじかけをぐっとにぎり、とつぜん立ちあがると、ウルフはすばやく体を回転させ、シーグのほうをむいた。

次の瞬間には、ウルフは手にリボルバーをにぎり、シーグの心臓《しんぞう》に狙いをつけていた。銃《じゅう》口《こう》が胸にそっとあてられ、ぐっと服に押しつけられた。

「待って!」アンナがさけんだ。

ウルフはゆっくりとアンナのほうに顔をむけた。

「いや。おれのいうことをよく聞け。ふたりともだ。おれは決断《けつだん》をしなくちゃならない。もといた場所にすわれ。今すぐだ」

シーグは荒い呼吸をしながら立っていた。ついに今、長年どういうわけか待ちつづけていた瞬間が来た。シーグはとうとう、弾《たま》をこめた銃が自分にむけられたらどんな気もちになるかを知ったのだ。

アンナはちらっとシーグを見た。それから、床にたおれたいすを起こした。ふたりは命じられたとおり、いすに腰《こし》かけた。シーグはウルフのリボルバーを見つめずにはいられなかった。父親の銃よりずっと新しいが、まちがいなく同じ種類の四十四口径の銃だった。ウィンチェスターライフルと同じ弾を使えるよう設計された銃だ。

「よし」ウルフはいい、自分のいすにすわった。コルト銃はまだ手ににぎられていて、シーグとアンナのあいだにむけられている。

「さて、これからおまえたちにあることを説明する。おれには決めなきゃならないことがあるが、そうする前に話を聞いてもらう。

おれはおまえらのおやじのことを知ってる。よく知ってる。おれはやつの足どりを十年追っていた。おまえら家族を追いかけていた。出発時点ではおまえたちのほうが勝っていた。それは事実だ。エイナルはかしこい男だった。おまえらのおふくろが死んだあと、やつはおれに、その年の最後の船で町をはなれるといった。だから、おれは取引のことを思いださせてやった。そして、いった。おれも同じ船に乗る、と。とにかく、やつはそれを知ってたんだ。

やつはけんめいに働いた。最後の船が来るまで一か月近くあった。やつは一時間でも多く働こうとした。分析所《ぶんせきじょ》をもうすこし長く開けておくようソールズベリーを説得《せっとく》しさえした。おかげで、より多くの鉱夫たちが土地の採鉱権《さいこうけん》を請求《せいきゅう》できた。ソールズベリーが、働き者だとほめたたえると、やつはますます働いた。そして、冬が来た。雪がふり、海に氷が張りはじめたころ、シアトルにむかう最後の船が着いた。

船が出る前の晩、おれたちは約束をはたすために酒場で会った。二階にある、個室のひとつで落ちあった。これだけの金の受けわたしをするのだから、どれだけ慎重《しんちょう》になっても足りないくらいだと、やつはいった。もっともな話だった。おれたちは祝杯《しゅくはい》をあげた。エイナルがウイスキーをもってきてたんだ。やつは終始《しゅうし》、落ちつきがなかった。町を出ていく前に不正をばらされないか心配してるんだろうとおれは思っていた。すべてが明るみに出たら、やつにはまちがいなく長い監獄《かんごく》生活が待っている。そうなれば、おまえたちふたりはおふくろもおやじもうしなうことになる。だが、おれのほうも、やつを売れば金を手にいれることができなくなる。だから、取引はうまいこと成立したんだ。

おれたちはもう一杯ウイスキーを飲んだ。すると、とつぜん、おれは気分が悪くなった。ひどい吐き気《はけ》におそわれた。おまえらのおやじはそりゃあやさしかったよ。親切にももう一杯ウイスキーをついでくれた。おれは一気に飲みほした。すると、部屋がぐるぐるまわりはじめ、おれは床にたおれた。

意識《いしき》が遠のくなかで、最後に聞こえてきたのは、おまえらのおやじのわかれのことばだった。船に乗りおくれたくないといっていた」

ウルフはそこでことばを切り、視線をシーグとアンナのほうにやった。だが、ふたりは身動きひとつしていなかった。ウルフはうたがわしげに眼を細めた。

「おまえらのおやじはずるがしこい男だった。やつのためにそれだけはいっておきたい」ウルフはまるでほめことばであるかのようにそういった。

「そうさ。翌朝《よくあさ》、目をさましたときにはもうおそかった。おれはまだ気分が悪かった。吐き気はまったくおさまらなかった。だが、なんとか、海岸まで行ってみると、水平線に蒸気《じょうき》をあげて進む船が見えた。鉱石分析所の豚野郎《ぶたやろう》フィゲスは、おまえたちはあの船に乗ったといった」

アンナはシーグを見た。そして、シーグもアンナを見た。

ウルフはそのようすを見て、ニヤッと笑った。

「ああ、そうだ。だが、おれがやつのしたことをはっきりと知ったのはだいぶ時間がたってからだった。おれたちは個室で飲んでいたから、おれは朝までだれにも発見されなかった。海岸からもどり、フロントストリートの医者にみてもらうと、毒をもられたことがわかった。致死量《ちしりょう》じゃなく、意識をうしなわせる程度《ていど》の量の毒だ。なんて名前かはわすれたが、その医者の話じゃ、金の純度をしらべるときに使われるものらしい。

おまえたちはもう知ってるが、エイナルのペテンはそれだけじゃ終わらなかった。おれはシアトル行きの次の船が来るまで、凍てついたあの町で七か月待った。そして、シアトルに着くと、乗客名簿《めいぼ》をしらべた。そこでなにを発見したと思う？　おまえらはあの船には乗っていなかったのさ。もう教えてくれてもいいだろ？　おれたちは古い友人なんだからな。おまえたちは南へむかう船には乗らなかった。それで、どうしたんだ？　どこかで犬ぞりに乗ったのか？　東へ、カナダへむかったのか？」

アンナは首を横にふった。もう何年も前に父親がウルフを出しぬいていたことに、すこし勝ちほこった気もちになっていた。

「父さんはエスキモー族から犬ぞりを買いとったの。それで、わたしたちは西にむかった。アラスカの最西端《さいせいたん》をめざした。そこから先は凍った海の上を走って、ある島にわたったわ。そして、島に着くと、運にめぐまれてロシアにむかう漁船に乗ることができたの」

ウルフは首を横にふった。しばらく、毛布をかけられたエイナルの遺体《いたい》を見つめた。

「やつはふたりの子どもを連れて犬ぞりで凍った海をわたったのか？　それで全員ぶじにわたりきったというわけか？」

アンナはだまったままだった。すこし上を見あげて、あのときの逃避行《とうひこう》のことを思いだした。荷物はほとんどなかった。毛布と聖書とうすくて細長い箱、それだけだった。

「おまえたちは七か月早く出発していた。そして、おれは、大西洋の反対側、アメリカ大陸の反対側にいた。やつは二度とおれのすがたを見ることはないと思ってただろう。いや、もしかすると、見たのかもしれない。おれはきのう、湖のむこうのあのちっぽけな鉱山町に着いたからな。

おれは黄金欲にとりつかれる前は猟師《りょうし》だった。だから、獲物《えもの》の追いかたはよく知ってる。足あとは、雪に、人々の記憶《きおく》に、記録にのこっている。もちろん、けものを追うのと人間を追うのは同じじゃないが、結果的におれはやりとげた。追跡《ついせき》の旅をはじめるために、おれはノームにもどった。そして、町に着くと、まずはフィゲスの頭に銃弾《じゅうだん》を一発見まってやった」

ウルフはそこでだまった。そのときのことを思いだしているのだ。そして、まるで口のなかにいやな味がひろがったかのようにつばを床に吐きだした。

「ときどき、おれはふたりの子どもを連れている男の話を耳にした。そうして、だんだんとおまえらにせまりつつあった。だが、もしかすると、やつのほうもおれが追っていることに感づいたのかもしれない。あるとき、ぷっつりおまえたちの消息《しょうそく》がとぎれた。やつは完全ににげきれたと思っただろう。もう、にげることにつかれてたのかもしれない。まあ、どうでもいいことだ。だが、おれがきのうこのさびれた鉱山町に着いたとき、エイナルはおれが来たことを知ったんだろう。

なにか情報が入ったにちがいない。おれのすがたを通りで見かけた可能性もある。ひょっとすると、だれかによそ者を見かけたら知らせてくれとたのんでいたのかもしれない。なにしろ、分析所に行ってみると、やつの私物や書類はいっさいなくなっていた。やつがぜんぶもっていったんだ。まるで、二度ともどってくるつもりがないみたいにな。金庫も空だった。

おれは町じゅうの人間にたずねまわったが、やつを見たという人間はひとりもいなかった。やつは家に帰ろうとしていたようだな。ふたたび逃避行に出る準備《じゅんび》をするために。それで、湖に落ちて凍死《とうし》しちまった。ばかなやつだ」

ウルフは間を置いた。

「まったく、なんて話なんだろうな。だが、さっきもいったが、おれがこんな話をするのは、おまえたちにおれがばかだと思わせないためだ。おれはおまえらのおやじのことを知っている。金のこともな。だから、金をよこせ。半分だけじゃない。ぜんぶ、もらうぞ」

シーグは不安げにいすの上でもぞもぞ体を動かした。逃避行の記憶はシーグにはぼんやりとしかなかったが、アンナは鮮明《せんめい》におぼえていた。そして、今、やっと理由がわかった。どうして、自分たちが人生の大半をにげまわって生きていたのか。父親がなにからにげていたのか、なにをおそれていたのか。自分にはかくされていた、物語のもう半分を聞いているような気分だった。にげているあいだ、父親はずっと、いつかウルフが自分のいどころをつきとめるだろうと思っていたのだ。

アンナは恐怖《きょうふ》を飲みこんだ。すると、とつぜん、自分をささえてくれるものが必要だと感じ、母親のあの小さな黒い本はどこにあるのだろうと考えはじめた。知らず知らずに、アンナはその本のなかにある信仰《しんこう》を、本があたえてくれる希望を求めていた。今いる場所には絶《ぜっ》望《ぼう》しかなかったからだ。

「あなた、聖書を読んだことある？」アンナは敵意《てきい》のこもった声でウルフにたずねた。「ないでしょうね。聖書のなかにヨブという男の話があるのよ。どんなに悪いことがおきても、彼は神の愛を信じることをやめないの」

ウルフは片方のまゆをあげた。そして、アンナのほうに身をのりだした。

「だからなんなんだ？　おじょうさん」

「シーグとわたしも同じよ。あなたがなにをしようが、どんな悪いことがおきようが、わたしたちはおたがいを信じることをやめない。わかった？」

ウルフはアンナをあざ笑った。

「そうなのか？　これを知ったら、おまえらはおどろくかもしれないが、おれも昔は教会に行ってたことがある。だから、ヨブの話も知ってる。それから、その話を引きあいに出すやつらはたいてい、かんじんなことをわすれたがってるらしいってこともな。ヨブを苦しめたのは悪魔《あくま》じゃない。神だ。神と悪魔は賭《か》けをした。ヨブをためす賭けだ。やつがぼろぼろになるかどうか、信仰心をすてるかどうか。そして、無慈悲《むじひ》にも神と悪魔はヨブにわざわいを山ともたらした。何度も、何度もな。だから、もし、神なんてものが天にいるとしても、おまえたちを助けるために来てくれなどしないさ。ほんとうだ。おまえらのちっぽけな命をかけてもいい」

ウルフはまたつばを吐いた。

「わ、か、っ、た、か?」

アンナの顔に落胆《らくたん》の色がうかんだ。アンナは床を見つめた。シーグは手をのばし、姉の手をにぎった。

ウルフがせきばらいをした。

「さて、おれはある決断をしなくちゃならない。その決断とはこうだ。おまえらのどっちをおれは撃《う》つべきか。金のありかをもう片方に吐かせるためにな」

第三十章　日曜日　夜

いつでもほんとうのことをいいなさい。

けっしてうそをついてはだめよ。悪魔はわたしたちのうそを利用するの。

腹をたてても、しかえしをしようとするのはやめなさい。

善良《ぜんりょう》で、平和を愛する人間でいるのよ。悪への道を避《さ》けなさい。

敵を許《ゆる》し、彼らのために祈りなさい。

これらはマリアが子どもたちに教えたことだった。そして、シーグはまだそのころは、多くを学ぶには幼すぎたが、ナディアがシーグとアンナに教えたのもまったく同じことだった。だが、そのナディアはふたりを置いて出ていってしまった。そして、町からはだれも助けには来てくれなかった。あてにできる人間はだれもいない。

ふたりはいすにすわり、決断がくだされるのを待つあいだ、じっとウルフを見ていた。ときどき、ウルフはコルトの銃口をふたりに順番にむけた。

シーグは怒りに燃えていた。そして、なんとかこの事態《じたい》からのがれる方法をさがした。どんな小さなものでもいいから、ウルフの弱点を見つけようとした。すべてを終わらせるためには、ウルフになにをいえばいいのか、その手がかりをさがした。シーグはとてもたくさんのことを学んできた。シーグの母親は、いつでもほんとうのことをいいなさいと、そして、それが神に近づくゆいいつの道だと信じなさいと教えた。だが、父親のエイナルは何年ものあいだ、真実を家族にかくしつづけ、ふたりの子どもをこのような窮地《きゅうち》に立たせた。こうなってはじめて、シーグとアンナは、なぜ父親が町から十キロもはなれた場所に住むことをえらんだのか、どうして他人と接触《せっしょく》するのを避けて暮らしてきたのかを知ったのだった。

「知ることができることはなんでも知ろうとしろ」エイナルはよくいっていた。だが、シーグは思った。ぼくはこれまで父さんのことをほんとうに知っていたのだろうか、と。嫌悪感がシーグをおそった。もし、知らなかったとしたら、ぼくはどうやって父さんを愛したらいいんだろう。人は知らない人間を愛することができるのだろうか。

アンナは消耗《しょうもう》しきっていた。父親のこと以外考えられなかった。毛布におおわれた父親の遺体を見ると、さまざまなおそろしい記憶がよみがえってきた。十歳のころにひきもどされ、血の海に横たわる母親のすがたが目の前にうかんだ。

そして、あの人形も。

あれ以来、アンナはおもちゃをもったことがない。母親のことを考えていると、またヨブの物語が思いだされた。そして、目に涙がうかんだ。あんな話をどうやったら母さんは信じることができたんだろう。ヨブは自分の全人生が破壊《はかい》されるのをどんな思いで見ていたのだろう。そして、どういう気もちで神の善《ぜん》を信じつづけたのだろう。

「もう、たくさんだ！」ウルフがとつぜんいった。親指でコルトの撃鉄《げきてつ》を起こす。

時間の流れがとつぜんおそくなり、シーグの頭に、未来に、ごく近い未来におきることが映像としてうかんできた。ウルフが人さし指をほんの五ミリ動かせば、撃鉄が落ち、弾の底の雷管《らいかん》に火花がおこる。すると、薬きょう内部の火薬が燃え、ただちに爆発《ばくはつ》する。小さな弾の真鍮《しんちゆう》の薬きょうのなかに入っているのは火薬だけなのだ。これは父親が何年も前に説明してくれたことだった。まるで、すぐそばにいるかのように、父親の声が聞こえてくる。真鍮の薬きょうが膨張《ぼうちよう》して薬室の壁《かべ》に押しつけられ、鉛《なまり》の弾頭《だんとう》が分離《ぶんり》し、銃口がむけられている先に回転しながら飛んでいくさまを、父親が頭のなかでシーグに説明する。弾頭がむかう先はシーグか、アンナか。どちらにしても考えると背すじがぞっとした。

弾頭が目標物に達するころには、すでに真鍮の薬きょうは冷えて縮んでいる。だから、次にウルフが弾をこめるときにはかんたんに弾倉から落ちる。

ウルフはゆっくり話しだした。

「おまえだ」

ウルフはシーグに銃をむけた。

「待って！」シーグはさけんだ。「待ってください。思いついたことがあるんです」

シーグの声には、最後まで話を聞こうとウルフに思わせるだけの説得力があった。

第三十一章　日曜日　夜

「なめたことはいわないようにせいぜい注意しろよ、ぼうず」

　シーグは必死に、心をこめて、大いそぎで話しだした。

「そんなつもりはないです。ぼくたちは金のことは知りません。これはほんとうです。でも、もし、あなたが父さんは金をもっていたというなら、それはどこかにあるんだと思います。だけど、ここにはありません。あったとしたら、ぼくたちも気づいてたはずです。小さな小屋だから。もしかすると、父さんは、その金を現金にして銀行にあずけてたんじゃないでしょうか。鉱山銀行に口座をもっていたから。もし、そうだとしたら、書類があるはずです。ぼくらがその書類をさがしだして、お金をおろし、あなたにわたします。だから、さがしに行かせてください。お金はあなたにあげますから」

「弟のいってることはただしいわ」アンナがいった。「わたしたちが父さんを見つけたとき、そりに書類がのってたもの。あなた、自分でいったじゃない。父さんは分析所から自分のものをすべてもちさっていたって。きっと書類をもち帰ろうとしてたんだわ。その書類のなかになにか見つかるかもしれない」

「ばかな」ウルフがどなった。そして、また銃をかまえ、シーグに狙いをつけた。

「やめて！」アンナがさけんだ。「うそじゃないわ。湖よ。父さんの書類は氷の上にある。すくなくとも、行ってその目でたしかめたいと思わないの？　見つかれば、金はあなたにあげるわ。それでもう帰って」

ウルフの銃は、攻撃《こうげき》のタイミングをうかがっているコブラのように、かまえられたままだった。ウルフが考えをめぐらせているあいだ、銃口が宙《ちゅう》で円をえがいていた。

「そうだな」ウルフはとうとう口をひらいた。「たしかに、おまえらのいうことはただしいかもしれない。その書類は今はどこだ？　おまえらがやつを見つけた場所にあるのか？」

「置いてきてしまったんです。重要なものだとは思わなかったから。ぼくらはとにかく父さんをこの小屋に連れて帰りたかった。だから、そりにのってたものはぜんぶ放りだしてきた。そして、犬を全速力で走らせ、もどってきたんです」

「書類を置いてきたっていうのか？」

「ほんとうです」シーグはさけんだ。「命をかけてもいいです」

「じゃあ、書類は湖にあるんだな？」

「凍った湖面に、雪にまじって、革のかばんとたくさんの書類がちらばってるはずです。ぼくたちがそれをひろってきます」

ウルフは窓《まど》のほうへ歩いていった。そして、暗やみのなかを見た。

「ああ」ウルフはいった。「そうだな。だが、今じゃない。夜が明けてからだ。それで、もし、おまえらがおれにうそをいってることがわかったら……」

「誓《ちか》ってもいいです。うそをついていないと誓います。命をかけてもいい」

「ただし、おまえの命じゃない」ウルフはいった。もう顔に笑みをうかべてはいなかった。

ウルフはいすにすわっているアンナを見た。そして、ウルフはふたたび、自分の前にある美をむさぼるように見た。

「こいつの命だ」

第三十二章　月曜日　夜明け

夜が深まると、時がすぎるのがますますおそく感じられた。長く、苦しい時間がおとずれた。呪《のろ》われ、絶望に支配された時間だった。ふたりには考えるよりほかにすることがなかった。

シーグとアンナは、すわりごこちの悪い木のいすにすわって一夜をすごした。やがて、筋肉が痛み、背なかがはげしい苦痛《くつう》をうったえたが、部屋の反対側で同じようにいすにすわっているウルフはほとんど微動《びどう》だにしなかった。石油ランプからとどく弱々しい明かりのなかで、ウルフの目はほとんど閉じられ、糸のように細かったので、シーグとアンナにはウルフがこちらを見ているのか、眠っているのかわからなかった。しばらくして、シーグがひざをのばさずにはいられなくなり、立ちあがろうと腰をうかすと、リボルバーがふたたびまっすぐ自分にむけられた。

シーグはあわててすわりなおした。

シーグの心は、ウルフとともに小屋に閉じこめられているこの一日から、父親を氷上で発見したときへとただよい、それからさらに過去《かこ》へさかのぼり、自然に、これまでの短い人生をふりかえっていた。ぼくの人生はいったいなんだったんだろう。シーグは思った。そして、またいつもと同じように、自分はなにかをさがしつづけているのだと感じた。これまでは、さがしているものがなんなのかわからなかったが、父親が亡き母親のいるところへ逝《い》ってしまい、夜のやみのなかでたったひとりの肉親である姉のとなりにすわっている今、とつぜん、それがなんなのかがわかった。

シーグがさがしつづけていたもの、それは故郷《こきょう》だった。

シーグとアンナは二度、ウルフに聞こえても問題のない会話をささやき声でかわした。

シーグはナディアのことが知りたかった。

「ナディアはほんとうに帰ってこないの？　どうして？」

「ごめんね、シーグ」アンナはささやきかえした。「ごめんね。聞いて、シーグ。これだけはおぼえておいて。わたしはぜったいにあなたをひとりにはしないから」

だが、姉のことばにはおそろしい意味がふくまれていた。なにしろ部屋の反対側にいるウルフのひざの上には銃があるのだ。

ふたりはだまりこんだ。そして、このような状況で、しかもかたいいすにすわっていたにもかかわらず、シーグはいつのまにか寝入《ねい》ってしまっていたらしい。目をさますと、ウルフが窓の外の明るさをうかがっていた。

「行くぞ」ウルフはいった。

アンナとシーグはおたがいの顔を見あわせ、それから、ぎこちなく立ちあがった。足と背なかが痛かった。

「おまえはすわってろ」ウルフはアンナを見て、いった。

「どういうこと?」アンナはきいた。

「おれはおまえらの両方を湖に連れていく気はない。なにをしでかすかわからないからな。弟を連れていくあいだ、おまえはここにのこってろ。ちゃんとおとなしく待っていられるな?」

アンナは無言でうなずいた。

「うそつきめ」ウルフはうなるようにいった。「おれがそこまでのばかだと思ってるのか?ぼうず、物置に縄《なわ》はあるか」

物置にはたしかに縄があった。しかもかなりの長さのものが。縄はコーヒー豆の缶を置いている棚《たな》の下の壁にかかっている。そして、コーヒー豆の缶のうしろには……。

シーグはうなずいた。

「あると思います」

「じゃあ、取ってこい」

ウルフは銃で玄関《げんかん》へのとびらをさした。そのむこうには物置がある。シーグはいそいでとびらにむかった。部屋を出る前から、シーグの心臓の鼓動《こどう》は速くなった。父親の銃がよびかけてくるのが聞こえる気がした。なにをすべきかはっきりとはわからなかったが、夜のあいだにいつのまにか、銃を使うべきかどうか決めるのをやめていたことに気づき、シーグは一瞬、はっとした。だが、もう、心は決まっていた。ただひとつのこされている問題は、たった一度でいいから必要なチャンスを得られるかどうかだった。

気づくとシーグは、玄関に出て物置へのとびらを開けていた。

時間はあまりない。ウルフはすぐにシーグがもどってくるものと思っている。そうしなければ、なにかおかしいと気づくだろう。

シーグはまっ暗やみに近い物置のなかに立った。心臓がさらに速く打つ。シーグは自分に問いかけた。箱から銃を取りだし、部屋に入っていき、ウルフを撃つなんてことがほんとうにぼくにできるだろうか。

とてもかんたんそうにも思えたが、早鐘《はやがね》を打つ心臓が、じっさいはそうでないことをつげていた。ウルフは手に銃をにぎっている。ウルフはまちがいなく何百回と銃を撃ってきただろう。シーグはこれまでに一度しか銃を撃った経験《けいけん》がない。あの誕生日《たんじょうび》のときの一発だけだ。けっきょくは自分が死に、姉さんも死ぬんだろう。シーグは意外《いがい》なほど冷静にそう思った。

あれこれ考えているうちに、どんどん時間がすぎていった。

シーグはコーヒー豆の缶をわきによけ、コルトの入った箱をつかんだ。そして、もうすこし明るさがほしいと思い、入口のほうをむき、そばにあった乾燥豆《かんそうまめ》の入っている樽《たる》のふたの上に箱を置いた。

そのとき、ある考えがひらめき、シーグは大きく巻かれている縄を壁からはずして、体の前にかかえた。こうすれば、一瞬ウルフの目から銃をかくすことができるだろう。だが、次の瞬間には引き金を引かなくてはならない。チャンスは一度だけだ。

シーグが入口のほうをふりかえると、ウルフのすがたがあった。

「なにをぐずぐずしてるんだ?」

「いえ……」シーグは口ごもりながらいった。必死にコルトの箱を見ないようにする。箱はウルフのすぐそばにあったが、うす暗い場所にあったので気づかれてはいなかった。それにウルフは部屋のほうにちらちら視線をもどし、アンナの動きにも目をひからせていた。

「縄はあったのか?」

ウルフが暗やみのなかをのぞきこんできたので、シーグはいそいで物置から出た。

「ここは暗くて」シーグはつぶやき、手間どったことの弁解《べんかい》をした。あと、ほんの数秒あれば銃を手にできていただろう。

もし、縄のうしろに銃をかくしもっていたとしたら、今ごろどうなっていただろう。シーグはその考えを頭からふりはらった。もう、そうできるチャンスはなくなったのだ。

部屋にもどると、ウルフはシーグを奥《おく》の壁のそばに立たせ、銃でアンナにまたいすにすわるよう指示した。

ウルフはシーグの動きを見はりつつ、アンナのいすに近いが足はとどかない床に銃を置いた。それから、縄を手にすると、アンナの両手首をしばって、いすのうしろにくくりつけ、つづいて、その縄をアンナの腰に巻きつけ、いすの背にも巻きつけた。

縄を巻きつけるあいだ、ウルフはのしかかるように体をアンナに押しつけ、縄を乱暴《らんぼう》に引っぱったので、アンナは二度あえぎ声を出した。すると、ウルフはますます強く縄を引き、わざと時間をかけて、アンナをしばる行為《こうい》を楽しんだ。アンナの体を必要以上にさわり、布地の下のやわらかな肉にまでふれるようにして指を服のあちこちに走らせた。

アンナは目を閉じ、シーグは小さな声で悪態《あくたい》をついた。

やがて、アンナをしばる作業は終わった。

アンナの体はしっかりとしばりあげられ、背なかはいすの背に、足はいすの足にくくりつけられた。

ウルフはアンナのいすを部屋のまんなか、縄をほどく道具になりそうなものにはいっさいとどかない場所へ引っぱっていき、アンナの顔が窓にむくように置いた。

ところが、しばらくして気が変わったのか、今度はいすを九十度回転させて、アンナにテーブルの上の父親の遺体が見えるように置きなおした。

「ばかなまねをしたらどうなるか思いださせるためだ」ウルフはいい、シーグに視線をうつした。

「手袋をしろ、ぼうず」ウルフは吠えるようにいった。「湖に行くぞ」

とびらの前に来ると、シーグはふりかえり、絶望したような表情で姉を見た。

だが、アンナはシーグを見ていなかった。かわりに、シーグをむりやり外に押しだそうとしたウルフにこうよびかけた。

「あなたが母さんを殺したんでしょう?」

ウルフは体をかたくした。

「残念ながら、おれはおまえらのおふくろとお近づきになれるチャンスがなかった」ウルフはいい、シーグと小屋を出ていった。

第三十三章　月曜日　早朝

ひとは未来を見ることはできない。まだいわれていないことを聞くことはできないし、まだ存在しない日々を、すきあらば意識にのぼってこようとする過去のさまざまなできごととともに脳《のう》の記憶のコレクションにくわえることはできない。

それでも、その朝、ウルフと小屋を出て、凍った湖にむかおうとしたとき、シーグはあることが現実になろうとしているのを感じとった。それはあまりにおそろしい現実で、シーグは息がつまりそうになった。

あかるく晴れた朝だったが、空気は人の魂《たましい》をこごえさせるほどの冷たさだった。あたりはしんとして、動くものはなにひとつなかった。シーグとウルフが玄関前の地面をふみつけると、大きな氷のつららがふたりのすぐそばに落ちてきた。ふたりはオーバーの前をかきあわせ、なさけ容赦《ようしゃ》ない冷気の攻撃とたたかいながら歩いた。シーグが前を、ウルフがうしろを歩いた。ウルフはまだ銃をにぎっていて、今はその手を、上半身をおおうように肩からはおっている毛布の下にいれていた。毛布の下から見えている丈《たけ》の長いコートがドレスのスカートのようにゆれ動き、ウルフはまるで死のすがたをしたかかしのようだった。

「遠いのか？」ウルフは吠えるようにシーグにたずねた。

シーグは湖のほうを見やった。雪はふっていなかった。そして、ここからでも父親が横たわっていた場所が、ずっと遠くの氷上にある小さな茶色の点が見えるような気がした。そんなことはありえないのだが。

「一キロくらい、もしかすると、二キロ近いかもしれません」

「そりで行こう」ウルフがいい、シーグはうなずいた。

アンナとナディアとともに父親の遺体をそりにのせて湖から駆《か》けもどったのが、そして、そのあと、アンナとナディアがそりでギロンの町にむかったことが遠い昔のことのように思えた。

犬たちはシーグの顔を見るとよろこんだが、つかれきっているようだった。そして、シーグが自分たちのえさをもってきてくれたのではないことを知ると、吠《ほ》えたり、哀れっぽい鳴き声をあげたりした。

「だまらせろ」ウルフがどなった。「さもなきゃ、撃ち殺してやる」

シーグは一生けんめい、四頭の犬をなだめると、ハーネスをつけはじめた。犬たちはそりを引くことが自分たちの仕事だとわかっているので、ハーネスをつけるとよろこび、しばらくはえさのこともわすれる。ハーネスをつけるのはあたたかいときにはかんたんだが、極限《きょくげん》の寒さのなかでは、長くて苦痛をともなう作業だった。手袋をはめて自由のききづらい手で、シーグはかたい革ひもと真鍮の締《し》め金《がね》をぎこちなくいじった。

「いそげ」背後《はいご》からウルフがいらだたしげな声でどなった。シーグはわざわざふりかえらなくても、リボルバーの銃口が自分の首のうしろをさしていることがわかった。どういうわけか、それを感じたのだ。

「ほら、静かに。今はだめだよ」シーグはやさしい声でリーダー犬のフラムにいい聞かせた。そして、フラムが静かになると、ほかの三頭もおとなしくなった。

シーグはハーネスをそりにつなぎ、フラムの首輪をもって犬たちを犬小屋の外に出した。湖岸にむかってすこし走ると、目の前に凍った水の広がりが見えてきた。

シーグはそりの後方にある滑走部《かっそうぶ》に立って犬たちを走らせ、ウルフはそりの空いているところに、シーグと対面するようにうしろむきですわっていた。毛布は死者をつつむ白布のようにウルフの全身をおおっていたが、一か所、するどい角度ででっぱっている部分があった。それがこちらにむけられた銃だとシーグにはわかっていた。

シーグは父親がかつて銃ときびしい寒さについて話していたことを思いだした。だが、こまかいことまでは正確《せいかく》には思いだせなかった。銃を極端《きょくたん》に寒い場所からあたたかい場所にもっていくことと関係した話だった。いや、もしかするとその反対で、あたたかい場所からとても寒い場所にもっていった場合の話だったかもしれない。ちゃんと思いだせたらいいのに。そうシーグは思ったが、これだけはおぼえていた。そのどちらかをすると、銃の金属部分が「汗をかき」、つまり表面が結露《けつろ》し、銃がさびたり、動かなくなったり、ときには不発がおきたりするのだ。だが、この現象《げんしょう》が数秒でおきるのか、数分、あるいは数日でおきるのかシーグにはわからなかった。

もし、ウルフが銃をもっていなかったら……そう、勝てる見こみもすこしは出てくるのに。ほんのすこしは。

シーグは一度だけフラムの鼻づらの上あたりの宙で軽く鞭《むち》を鳴らした。フラムはかしこい犬だったので、すぐにスピードをあげ、まっすぐ湖面におりていった。

たとえ自分が、エイナルと同じ運命をたどるのではないかと心配していたとしても、ウルフはそれをおもてには出さなかった。表情をほとんど変えず、うしろむきにあぐらをかいている仏像のように、凍った湖の上を走るそりにすわっていた。頭はそりのはげしいゆれでぐらぐらしている。

シーグにとっては、氷が割れることよりウルフに銃で撃たれることのほうがさしせまった恐怖だった。だから片目で犬たちのようすを見ながら、もう片方の目で毛布のでっぱりを見ていた。だが、ほとりから見えていた茶色の点に近づき、それがほんとうにそりからおろした父親のものだとわかると、シーグの頭にはまた、悲惨《ひさん》な最期《さいご》をとげた父親のすがたがうかんできた。

シーグもウルフも、北極圏《ほっきょくけん》に入って十数キロの場所で何年もすごしていたが、それでも、この早朝の寒さは体にこたえた。そのうえ、シーグは空腹《くうふく》で体に力が入らなかった。ほとんどなにも食べていなかったからだ。睡眠《すいみん》不足で気もちも悪かったし、呼吸をするたびに凍《い》てつく空気が肺につきささり、肺いっぱいに氷の結晶《けっしょう》が生まれ、体温をうばっていった。

ウルフはまばたきひとつせずにシーグをじっと見つめていた。

シーグの手は引き綱をつかんではいたが、じっさいは犬たちをあやつってはいなかった。フラムはどこに行くべきかを知っていて、湖面がすこしでこぼこしている場所へ、まわりよりわずかに雪がすくない場所へ、ものが点々とちらばっている場所へむかっていた。

シーグは引き綱を軽く引いた。氷が警告《けいこく》するような、おどかすようなきしみ音をたてたので、心臓が凍りつきそうになった。視線をそりの両わきに交互に走らせ、氷に最初の亀裂《きれつ》が入るのを覚悟《かくご》した。だが、亀裂が生じることはなく、きしる音は背後に遠ざかっていった。

そりが目ざしていた場所に来ると、犬たちはシーグが指示を出す前に足をとめた。

「ここか?」ウルフは首をのばしながらいった。

ウルフはうなり声をあげ、それから、銃を使って、シーグにそりからおりるよう指示した。

自分が先におりたら、シーグがそのままそりを走らせて小屋にもどるのではないかとおそれたのだ。

シーグはウルフの命令にしたがってそりをおりると、引き綱をそりの後部におろした。ウルフは体を回転させてから腰をあげ、氷の上におりたつと、おそるおそる歩きだした。

「よし」ウルフはいった。

シーグがゆうべ話したように、そこには革のかばんが口をひらいたまま置かれていた。そして近くには数枚の書類がちらばっている。どれも氷にくっついていたが、もしかすると、なかには風で飛ばされてしまったものがあるかもしれない。

ウルフはかがんで、かばんをひろいあげた。それから、氷にくっついている書類をあつめようとした。だが、手袋をはめた指では思うようにあつめることができない。ウルフの手袋は、コルト銃の引き金をかこむ輪に指をいれられるだけのうすさではあったが、凍りついた紙を湖の氷からはがすにはあつすぎたのだ。

書類をかきあつめているあいだ、ウルフはシーグの存在をわすれているようだった。シーグはべつのものを見つけていた。

シーグはまたマッチの小さな山を見ていた。それらの小さな木の棒《ぼう》は、シーグの父親の命を救える可能性があったが、けっきょくはそうできなかったのだ。それから、シーグは、父親を見つけたときにはパニックにおちいっていて見落としていたものに目をとめた。一冊の本だった。黒い革装《かわそう》の本がマッチの山の近くに落ちていた。

聖書だった。かつてシーグの母親のものだった聖書だ。そして、シーグは、父親が自分の命を守るためにそれを燃やそうとしていたのだと気づいた。

父さんは聖書を燃やそうとしたんだ。どうして聖書を？　聖書はページをひらいた状態で置かれていた。湖頭《ことう》から吹いてくる微風《びふう》に何枚かのページのはしがこまかくふるえている。そのとき、シーグには父親がなにをしようとしていたのかがわかった。ウエハースのようにうすいページはたぶんいちばん火をつけやすかったんだろう。そして、これを燃やせれば、父さんはもしかしたら生きのびられたのかもしれない。

でも、聖書は生きのび、父さんは生きのびることができなかった。

シーグは思わずかがみこみ、両手で聖書を氷の上からひろいあげると、表紙を閉じた。

すぐにウルフがシーグのほうに目をやった。

「そいつはなんだ、ぼうず？」

シーグはウルフに見えるよう、聖書をもちあげた。

「聖書だ」シーグはいった。なぜか、とつぜん、シーグは気がついた。自分に思ったよりも強さがあることに。もしかすると、それはたんに、運命がシーグの心をひとなでしただけのことなのかもしれない。だが、シーグは、ウルフにその場で撃たれてもかまわないと自分が思っていることに気づいた。

「母さんの聖書だ」シーグはつけくわえた。「これはぼくがもらう」

ウルフはとまどいの表情をうかべつつも、シーグをにらみつけ、それから顔をそむけた。シーグは、まるでその聖書がウルフのさがしている金ででもあるかのように、いそいでコートの大きくひらいた外ポケットにしまいこんだ。

とつぜん、ふたりの足もとで大きなきしみ音がした。氷がふたりの重みに不平をいいはじめたのだ。すぐにその音はおさまったが、しばらくすると、一、二メートルはなれたところからも氷のみしみしいう音が聞こえてきた。

「もう行くぞ」ウルフはいい、シーグはうなずいた。

ふたりはいそいでその場をはなれた。ウルフは書類を宝のようにしっかりにぎりしめ、シーグは聖書の入ったポケットに手をやりながら。

シーグにはその聖書が両親との最後のつながりのように感じられた。その美しい黒革の本は母親のほこりだった。表紙の「聖　書《ホーリー・バイブル》」という文字は、金箔《きんぱく》で刻印《こくいん》され、ページも金でふちどられている。母親がそのなかに書かれていることを読み聞かせてくれたとき、ろうそくの光で本がきらきらひかっていたことをシーグはおぼえていた。

そして、なにより聖書は母親そのものだった。マリアとエイナルは、のちのエイナルとナディアもまったく同じだったが、聖書に書かれていることをめぐってよくけんかをしてはいたが、エイナルはマリアの死後、妻の聖書をだいじにするようになり、家族のもちもののなかで、おそらくコルト銃の次にたいせつにしていた。

一年くらい前の夏のある日、シーグが湖で泳いで帰ってくると、父親が小屋のテーブルに聖書と何枚かのきれいな紙と鉢《はち》に入った熱いにかわを用意し、なにか作業をしていた。

「古い本だから、ページがばらけそうでな」エイナルはいった。「修理してやらないと」

それからナディアとアンナも部屋に入ってきた。ナディアは夫がしていることを見ると、ほほ笑みをうかべた。エイナルが本の見かえし部分を修理し、表紙を補強《ほきょう》しているあいだ、ずっとうしろに立っていて、作業が終わると頭のてっぺんにキスをした。

「あなたっていい人ね、エイナル」ナディアはいった。

エイナルは声を出して笑い、完成した聖書をシーグにむかってふって見せた。

「ここで語られている男たちと同じくらいいい人間か、シーグ？　そのとおりかもしれないな！」

シーグはにっこり笑った。

「そうかもしれないね」シーグはいった。

そのとき、エイナルの頭にあることがひらめいた。

「死人にも口はある」エイナルはいった。「父さんはいつもそういってるだろ？　なあ？　この本には死んだ人間がたくさん出てくる。死んだ人間とその口から語られた物語がたくさん出てくる。おれたちはただ、その声を聞く方法を知ればいいんだ」

エイナルはその考えを気にいったようだった。その日はアンデション一家の住む小屋は一日じゅう楽しいふんいきでみたされていた。

第三十四章　月曜日　朝

　その朝、凍った湖の上をそりで引きかえす男と少年に、罪人《つみびと》と無垢《むく》な者に、神はほほ笑みかけたのにちがいない。でなければ、神は見ていなかったのかもしれない。いずれにせよ、遠くから聞こえる銃声のような、警戒《けいかい》をうながすピシッというするどい音がひんぱんにしていたにもかかわらず、シーグたちのそりの下で氷が割れることはなかった。

　シーグはけんめいに犬たちを走らせた。彼らがなるべく氷を強くふみつけないよう、そして、亀裂が入ったとしてもそれをわたってしまえるくらいの速度が出ているよう祈りながら。ウルフは自分の世界に入りこんでいるようだった。革のかばんのなかをひっかきまわし、入っている書類をくまなくしらべている。ガタガタゆれるそりの上で、しかも手袋をはめた状態では、まともに読めてはいないのではないかとシーグは思っていたが。

　もし、小屋にもどって書類はぜんぶ価値のないものだとわかったら、銀行手形も、口座の収支報告書もそのなかにはないとわかったとしたら、いったいどうなるのだろう。

そのとき、ウルフはどうするだろう？

だが、じっさいはそうならなかった。なぜなら、小屋にもどったウルフとシーグにはおどろくべきことが待ちうけていたからだ。

ウルフは早くあたたかい場所にもどって、エイナルの書類にどんな秘密《ひみつ》がかくされているかたしかめたかったので、シーグを押すようにして先に小屋の前のスロープをのぼらせた。そのときになってはじめて、うたがいがウルフの心のなかにしのびこんできた。この子どもたちのいうとおり、エイナルは金なんてもっていなかったんじゃないか？　もっていたとしても、あの強欲《ごうよく》な男はこの十年でぜんぶ使いはたしたか、なくしたんじゃないのか？　どの書類にも意味のないことばと記号しか書かれていなかったら？　いや、なにかしらは手にいれる。それだけははっきりしている。おれはぜったいに手ぶらで帰ることはしない。

シーグは小屋のとびらを開け、二歩、なかに足をふみいれた。そして、ぴたりと動きをとめた。希望が胸にめばえた。うしろからウルフも入ってきて、空《から》のいすとその足もとに落ちている縄の山を見た。

アンナのすがたはどこにもなかった。

「くそっ」ウルフはいい、さっとうしろをふりかえった。かかえていたものを床に落とし、いつなんどき攻撃されてもいいようかまえた。

そして、なにもおこらないとわかると、もう一度、悪態をついてから、シーグの頭の横をなぐりつけた。シーグはよろめき、床にたおれると同時に吐いてしまった。シーグがころがって、吐いたものから身をよけると、ウルフがシーグをまたいで立った。両足でシーグの体をはさみ、右うでをまっすぐシーグの頭のほうへのばしている。その手にはリボルバーがにぎられていた。シーグは手の下になにかを感じた。床にころがったときに、聖書がポケットから落ちたのだ。

「姉きはどこだ？」ウルフは怒りのこもった声でいった。

シーグは床に横たわったまま、体をずりあげようとしたが、ウルフが重い足を胸にのせてきた。

「どこだ？」

ウルフは撃鉄を起こした。

「知らない。ほんとうに知らないんだ」ことばが口からこぼれてきた。

ウルフは一度ゆっくりまばたきし、シーグは目を閉じた。

すると、背後から大きなガシャンという音が聞こえた。物置の棚からなにかが落ちたのだ。

ウルフは二歩で部屋を横ぎると、暗い物置のなかをのぞきこんだ。

シーグはいそいで立ちあがった。だが、まだ半分も体をあげないうちに、ウルフが手袋をはめた大きな手でアンナの首をつかみ、引きずってもどってきた。シーグの心はしずんだ。

どうして、姉さんはにげなかったんだ？　だが、すぐに姉が物置でなにをしていたかをさとった。そして、ふたたび吐き気をおぼえた。

ウルフはアンナを部屋の反対のはしにつきとばすと、歯を使って両手の手袋をはずし、床になげつけた。ウルフが本気で怒っているのがアンナにもシーグにもわかった。ウルフはふたりにむかって銃をふりながら、重いブーツで床をふみ鳴らして近づいてきた。

「ゲームはおしまいだ！」ウルフはわめいた。「おれの金はどこにある？」

だが、ふたりともこたえなかった。なぜなら、ふたりは金などないことを知っていたからだ。

「教えろ！」ウルフはどなり、それから「さもなきゃ、ふたりとも殺してやる！」とつけくわえた。

アンナは床にしゃがみこんだまま、シーグの体にうでをまわした。

「ごめんね」アンナはいった。「見つけられなかったわ」

シーグには姉のことばの意味がわかった。なにをさがし、見つけることができなかったのか知っていた。アンナがそれを見つけられなかったのは、シーグがとびらのそばの乾燥豆の入った樽の上に動かしたからだった。

「なんなんだ？」ウルフがどなった。「なんの話をしてる？　おまえはなにを見つけられなかったんだ？　金はあそこにあるのか？　あそこなのか？」

アンナは下をむいた。

「ちがうわ。金じゃない」

「じゃあ、なんだ？　教えろ、でなきゃ、撃ち殺す」

ある考えの種がシーグの胸に植えつけられた。いや、種以上のもの、もっと大きなものが生まれていた。それは、ながめ、待ちつづけたこれまでの人生から生まれたものだった。理由ははっきりとはわからなかったが、シーグは今こそ勝負に出るときだとさとった。絶望がそう感じさせたのかもしれない。いや、それ以上のものがあったのかもしれない。とにかく、今おきていることに不自然なところがあるのはまちがいなかった。

どうせぼくらは死ぬんだ、シーグは思った。どうせ死ぬんだ。

「どうしてやらないんだ？」シーグはいった。

ウルフはアンナからシーグに視線をうつした。

「なんだって？」ウルフはうなるようにいった。

「どうして撃たない？」シーグはいった。「あんたはずっとおどしてるだけだ。どうして撃たないんだ？」

シーグは立ちあがった。

「すわれ！」ウルフはシーグに銃を押しつけた。だが、シーグは立ったままだった。

「撃てばいい」シーグはいった。森の奥深くのように落ちついた声だった。ほんの一瞬、シーグは大きなよろこびと興奮《こうふん》にみたされた。それは奇妙だがすばらしい瞬間だった。
ウルフは一瞬ためらい、それから銃でシーグの頭の横をなぐりつけた。
目の前がまっ暗になり、シーグはくずれ落ちた。

第三十五章　月曜日　朝

悪いことがおきると、神は目をそむけてしまうのだろうか。それとも、自分の創造物《そうぞうぶつ》の行く末を見とどけるのだろうか。そのとき、神は悲しみに首を左右にふっているだろうか。それともほほ笑んでいるだろうか。

シーグは床に横たわったまま動かなかった。

アンナは悲鳴《ひめい》をあげた。

「殺したのね！　あんたは弟を……弟を殺した！」

アンナは泣きさけび、シーグのそばにかけよろうと立ちあがりかけたが、ウルフが前にしゃがみこんでその行く手をふさいだ。

「そうだといいんだがな」ウルフはものうげにいった。

アンナはウルフのほおを思いきりたたいた。手がずきずきしたが、ウルフはほとんどなにも感じていないようだった。

「さて」ウルフはいった。アンナはその目に邪悪《じゃあく》な色がうかぶのを見た。アンナはぎこちなくあとずさりし、よろよろと立ちあがろうとしたが、ウルフがおおいかぶさるように身をのりだしてきた。

「おねがいだから……」アンナは口をひらいた。

「なんだ？」ウルフはあざ笑った。「おねがいだから殺さないで？　十年だ。十年待ったんだぞ。十年間あちこちを移動しながらさがしまわり、こごえる思いをして、何度も死にかけた。それなのに、おまえらはおれの金をもっていないだと？　おねがいだから殺さないでくれだと？　ああ、殺しやしないさ。今はまだ。おれは十年の苦労の見かえりがほしいんだ」

アンナはふくらはぎがベッドのへりに押しつけられるのを感じた。目の前にはウルフがそびえるようにして立ちはだかっている。

「今はまだ殺さない」ウルフはささやき、アンナをうしろに押したおした。

アンナは泣きはじめた。おそろしい記憶がとつぜん鮮明によみがえった。

「あんたが母さんを殺したんだわ！」アンナはさけんだ。「あんたが母さんを殺したのよ！」

ウルフは動きをとめ、目の前のベッドにたおれている娘をじっと見た。

「おいおい」舌なめずりをしながら、ウルフはいった。「去年ふった雪の話をするのはやめようや」

第三十六章　月曜日　朝

なにも感じず、なにも聞こえない。それでも、シーグは目を開けた。そして、その瞬間に目に入ってきた光景《こうけい》に、わめきたい衝動《しょうどう》にかられた。

アンナがベッドに横たわり、ウルフがそこにおおいかぶさるように立ってベルトをはずそうとしていた。テーブルの上には、毛布をかけられた父親の遺体が見える。シーグ自身が横たわっている床には、頭の傷から流れでた血が水たまりのようにひろがっていた。

死人にも口はある。死者は語る。うその物語を。物語といううそを。シーグは血だまりに横たわり、もうろうとする意識のなかで、死者も語ることができると自分に話した男を、自分の父親をにらみつけた。いまや自分自身が死者となり、もはやうそをつくこともできずに、ただテーブルの上で凍りつき横たわっている父親を。

シーグはわめきたくなった。

だが、そうはしなかった。

ウルフがアンナの足をなでているのを見たとき、シーグは身をひるがえし、玄関へのとびらにむかってかけだした。

視界のはしにウルフがこちらをふりむくのが見えたが、もう、なにものもシーグをとめられはしなかった。シーグは身をおどらせるようにして玄関をぬけ、物置に入った。

銃の箱は樽の上にはなかったが、シーグはすぐに床に落ちていることに気づいた。アンナがウルフに見つかったときにたてた大きな音は、うっかりこれを床に落とした音だったのだ。これこそが、あのときアンナがさがしていたものだったのに。箱の中身は床にちらばっていた。

シーグがリボルバーをつかんだとき、足音が近づいてくるのが聞こえた。

だが、銃には弾がこめられていなかった。そして弾は床にちらばってしまっている。シーグは必死であたりをさがしまわったが、かえって弾をバラバラところがしてしまい、自分から遠ざけてしまった。

シーグはふたたび手さぐりしたが、ひとつしかひろいあげる時間がなかった。

ふるえる手で装塡口《そうてんこう》をひらき、弾を薬室にすべりこませると、シーグは弾倉《だんそう》をただしい位置にまで回転させ、立ちあがった。

物置の入り口が黒い影におおわれた。

「さがれ！」シーグがさけび、ウルフはその場で凍りついた。

「さがれ！」シーグはもう一度どなった。今度はウルフはじりじりとうしろにさがった。ウルフの銃もシーグの胸にむけられている。

「なにをやってるんだ？」ウルフは冷静な声でいった。だが、シーグは無視《むし》し、ウルフをうしろむきのまま部屋までもどらせた。

「そのままもっとさがれ」シーグはいった。「姉さん、だいじょうぶかい？」

アンナはベッドから起きあがり、スカートのみだれをなおした。そして、弟のほうに目をやったとき、手に銃がにぎられているのを見て、目を見ひらいた。

「そんなものでどうするつもりだ、ぼうず？」ウルフはふたたびきいた。「そんなに古いパパの銃で？　それで人を傷つけられると思うのか？」

「だまれ、ウルフ」銃口をまっすぐウルフにむけたまま、シーグはいった。「姉さん、こいつからはなれろ」

「おい、ちょっと待て」ウルフはいった。「ちょっと待つんだ」

「あんたの銃は、どこか、おかしいのか、ウルフ？」シーグは緊張《きんちょう》で呼吸をみだしながら、いった。シーグはまた、自分自身を他人を見るように外側からながめていた。そして、自分の口から出てくることばを他人のことばを聞くように聞いていた。同時に、体の内側に力がみなぎっていくのを、声が落ちついてくるのを感じた。「その銃、どうかしたのか？　さっきからずっとふりまわしてるけど、じつは使うつもりなんてないんじゃないか？　どこかがおかしくなってる、そうなんだろう？」

沈黙《ちんもく》が流れた。シーグは自分の読みがただしいと確信《かくしん》した。銃が使えないことを気づかれていたと知り、ウルフの目に怒りの色がうかんだ。はげしい怒りをかろうじておさえているのだろう。怒った雄牛《おうし》のように今にも床をひづめで引っかきそうだった。

「あんたの銃になにがおきた？　寒さにやられたのか？　ひどく冷たい空気にさらしたんだろう。それで、そのままどこかの宿にもちこんで、さびたんじゃないのか？　寒い場所にもちだしたあとは、銃を外に置いておかなきゃならない。あんたはそのことを知っておくべきだったんだ」

シーグはウルフの目をまっすぐ見すえていた。ウルフもにらみかえしてきたが、シーグはもうこわくはなかった。

ウルフは笑みをうかべた。

「頭のいいぼうずだ」ウルフはいった。「おやじゆずりだな。くそがつくほどのかしこさだ」

ウルフは手を下におろすと、銃身がさびついて役にたたなくなった銃を床に落とした。銃は死にかけのけもののように床の上にころがった。それにはもう危険な気配《けはい》はすこしも感じられなかった。

「姉さん」シーグはいった。「だいじょうぶ？　こいつにさわられたの？」

アンナはシーグのほうへ歩いていった。

「だいじょうぶ」アンナはいった。「平気よ」。だが、ウルフのほうを見ようとはしなかった。

「どうやって縄をといたの?」シーグはたずねた。「ナディアが帰ってきたんだね?」

アンナはうなずいた。

「あのときはいえなかったのよ。この男がいたから。ナディアはあなたたちがもどってくる前にここを出たわ。助けをよびに行ったの。今度こそ、ちゃんとした助けをよぶために」

「よかった」シーグはいった。「じゃあ、姉さんも行って。ナディアのあとを追うんだ。犬ぞりを使えば、ナディアに追いつける」

「シーグ……」

「おねがいだ、姉さん、ぼくのいうとおりにして」

シーグはウルフから目をはなさずに、姉をせかしつづけた。

「おねがいだよ。ぼくのために、姉さん自身のために、父さんのために」そして、そこで間を置いた。「母さんのために。ぼくのいうとおりにして。いいね?」

アンナはしばらくだまったあと、ようやくこくりとうなずいた。

それから、玄関に行き、手袋をはめ、オーバーを着た。

「シーグ」アンナはいった。

「なに?」

「母さんを思いだして。母さんが生きていたらあなたになんていうか思いうかべてみて」

「姉さんのいうことを聞いたほうがいいぞ」ウルフがささやき声でいった。「おまえの姉さんはただしい。いったん引き金を引いたら、おまえの人生はがらりと変わっちまう。いいか、ぼうず、おまえが終わらせるのはおれの人生だけじゃないんだ」

だが、シーグはこたえなかった。アンナにもウルフにもこたえなかった。アンナは玄関に出て、とびらを閉めた。


アンナが雪の積もる庭を横ぎり、犬小屋へむかうとちゅうで、銃声が聞こえた。

小さな小屋ではなたれた一発の銃声が、凍りついた谷の反対のはしにあるギロンの町にまでひびいた。

銃声のこだまがもどってきて、森の木々のてっぺんに積もった雪をゆらし、カラスたちを飛びたたせた。

第三十七章　月曜日　朝

愛。信仰と希望と愛。それはマリアが子どもたちに教えようとしたことだった。だが、マリアはあまりに早く逝ってしまったために、子どもたちの教育を完全に終えることはできなかった。

ふしぎなめぐりあわせ、あるいは神のみわざによって、ナディアがその教育をまっとうするためにふたりの人生にくわわった。とはいえ、自分自身で答えを出すべき問題もある。これがまさにそういう問題なのだとシーグは学んだ。

小屋で、シーグは父親の古いコルト銃の銃口を見つめて立っていた。黒色火薬を使った弾から出る煙が銃口から細くたちのぼっている。シーグは深呼吸をした。引き金を引くか、引かないか。それはほんのささいな行為で、それをすることとしないことのあいだにはごくわずかな差しかない。これほど小さな選択《せんたく》に、そもそも差などあるのだろうか。いや、それでも、差ははっきりと存在する。そして、シーグは引き金を引くことを選択した。それはかんたんなことだった。


ウルフは背を壁にもたせかけ、床にすわっていた。ウルフの頭から六十センチくらいはなれた壁の表面が三十センチほどにわたって裂けていた。

「どうしてだ?」ウルフはたずねた。「おまえが勝てたはずなのに」

ウルフは立ちあがった。

「おまえは勝てたのに。どうしてはずした?」

シーグはほほ笑んだ。

「ぼくの母さんの子どもたちは殺人鬼じゃないからだ」シーグはいい、空の銃をウルフにわたした。そして、それ以上はなにもいわず、うしろをむくと玄関のほうに歩いていった。

ウルフは口をぽんやり開けたまま、シーグを見つめた。それから、自分の手のなかの銃を見おろした。

ウルフの左手が、腰に巻いた、ま新しい弾がずらりとならぶベルトへと動いた。そして、子どものようにむじゃきなよろこびを感じながら、革のベルトから弾をひとつ取りだし、エイナルの古い銃の弾倉にすべりこませた。

シーグにはウルフのしていることが音でわかった。

シーグは戸口にたどりつくと、とびらを開けた。

ウルフが親指でリボルバーの撃鉄を起こす音が聞こえても、シーグはひるまなかった。カチッという音がして、撃鉄が起こされた。シーグは知っている。撃鉄が雷管に落ちるのを押しとどめているのは、とても小さな金属部品だけだと。

シーグは祈った。ただし、神に祈ったのではない。

シーグは母親に祈った。平和への道を説《と》いた母親がまちがっていないことを祈った。

シーグは父親に祈った。父親の話がまちがっていないことを祈った。最新の強力な無煙火薬弾をあの古い銃にけっして入れてはいけないという父親のことばがまちがっていないことを。

シーグは引き金がきしる音を聞いた。銃がふたたび火を噴《ふ》き、耳をつんざくような二度目の爆発音がひびいた。屋根の一部が破片《はへん》になって、シーグの上に落ちてきた。そして、激痛をうったえる悲鳴があがった。銃が破裂《はれつ》し、ウルフの指も吹き飛んだのだった。

第三十八章　月曜日　朝

もし、その場にだれかがいあわせていたとしたら、シーグが玄関ポーチからかけおりたとき、小屋からシーグを追って飛びだしてきたのは悪魔にちがいないと思ったことだろう。

シーグは、目の前に、二発の銃声にぼう然と立ちつくしている姉を見つけた。

「にげろ！」シーグはさけんだ。

アンナはすぐに走りだした。

シーグのうしろを、ウルフが酔っぱらいのようにふらふらと歩いていた。はげしい怒りと痛みがウルフの頭と体を動かしていた。右手からは血がだらだらと流れている。親指と、すくなくとも人さし指と中指がなくなっている。ウルフは左手で右手をつかもうとしたが、左手の親指もすでにうしなっているので、つかめるはずもなかった。

「にげろ！」

シーグは手をふりつづけて、走る姉をさらにせかしたが、すぐに追いついてしまった。

こわごわうしろをふりかえると、おそろしいことに、ウルフはどんどんふたりに近づいていた。

ウルフはけがのことをわすれていた。いま頭にあるのはひとつのことだけだった。金も、復讐《ふくしゅう》も、情欲《じょうよく》もわすれていた。今はただ、この姉弟をなんとしても殺したかった。そして、けがを負っていてもウルフはまだじゅうぶんそうできるとシーグにはわかっていた。

アンナは湖にむかおうとしたが、シーグは姉をよびもどした。

「だめだ！　こっちだよ。森のほうだ」

ふたりは全速力で走り、森の手前にある背の低い木がならぶ場所に着いた。すると、アンナにも弟に見えているものが見えた。

雪だ。

「待って！」シーグがさけんだ。「姉さん。待って。歩かなきゃ」

「なにいってるの？」アンナはさけんだ。「頭がどうかしたんじゃない？」

「ちがうよ！　姉さん、思いだしてよ！　スピードを落とさなきゃ！」

ようやくアンナはうなずき、足をとめた。

ウルフはほんの十数メートルうしろにまで近づいていた。

「神を信じるのよ」アンナは自分にいい聞かせ、そして、歩きだした。

シーグも姉のあとを歩きはじめた。走りだしたくなるのを必死にこらえて。

ゆっくりと、ふたりは木々のあいだの雪原を歩きだした。

ふたりが五、六メートル進んだころ、ウルフがうしろから突進してきた。それでじゅうぶんだった。あともう二歩でふたりに追いつくというところで、ウルフは胸まで雪にうもれた。歩いていたおかげでシーグとアンナは割らずにすんだ氷の層《そう》に、ウルフは足をふみこんで割ってしまったのだ。

ウルフはうでをふりまわしてもがいた。まわりの雪に点々と血が飛びちった。

ウルフはすぐにもこの雪穴からぬけだせそうに見えたが、怒りと力が血液とともにウルフの体からうしなわれはじめていた。

シーグとアンナはもう数歩そのまま歩いてから立ちどまり、うしろをふりかえった。

まぼろしではなかった。

ウルフはほんとうに罠にかかっていた。

「助けてくれ！」ウルフはさけんだ。「助けてくれ。おれはけがをしてるんだ」

シーグは思いだした。数時間前に自分が同じことをウルフにいったのを。そのとき、ウルフはなんとこたえた？

シーグはおずおずとウルフに一歩近づいた。

「ミスター・ウルフ」シーグはささやき声でいった。「それはぼくのせいかな？」

一九六七年
ニューヨーク
ワーウィックホテル

エピローグ

シーグフリード・アンデションは、ホテルの小さいが上品なバーで、物語の最後を思いだしていた。シーグは、自分がはじめて名前を聞く国のジャングルでおきている戦争からもどったばかりだという若い兵士とおしゃべりをしていた。若い兵士はこれまでにさまざまな光景《こうけい》を目にし、さまざまな話を聞いてきたが、目の前の年老いたスウェーデン人の男が語ってくれたような話は聞いたことがなかった。

こまかい部分は、とても鮮明《せんめい》におぼえているところもあれば、記憶《きおく》があいまいなところもあった。なにしろ遠い昔のことだ。すっかりわすれているところもあったが、それをいうなら、死んだ妻の名前がすぐに出てこないことさえあるほどなのだ。妻が死んでから、まだ五年しかたっていないというのに。

シーグはもう老人だった。そして、年老いた人間にはある種のことをわすれる権利がある。

だが、シーグにはけっしてわすれられないこともあった。

あの日、雪にうもれたウルフを、姉のアンナと、そして、とちゅうからはナディアもくわわって、引っぱりあげたときのことを、シーグはけっしてわすれないだろう。その直後にベルイマンさんと町の人たちがかけつけてきて、ウルフを連れていった。ウルフは一命をとりとめた。そして、今になっても、シーグはそのことについて自分がどう感じているのかはっきりとはわからなかった。ウルフはそれから数年後に牢獄《ろうごく》で死んだ。囚人《しゅうじん》仲間とのけんかが原因だった。あの愚《おろ》かな男は、自分の怒りをコントロールできるようにはならず、けっきょくはそのせいで命を落とすことになった。両手の親指をなくしている男が、鉄製のテーブルの足を武器にした監房《かんぼう》仲間に勝てるわけなどないのだ。

そのあとにも、もうひとつ生涯《しょうがい》わすれられないできごとがおきた。シーグとアンナとナディアは、小屋にもどった。エイナルの遺体《いたい》を早くなんとかしなければならなかった。町からかけつけた人たちが、葬式《そうしき》の準備《じゅんび》のために遺体を運びだしてくれた。アンデション家の三人もいっしょに町に行き、葬式が終わるまでペール・ベルイマンの家に泊めてもらった。

そしてようやく、悲しみにふけることのできるときが来た。アンナとナディアはおたがいに相手をいたわることばをかけあい、以後、それまでのような険悪《けんあく》な関係にもどることはなかった。それから、とうとう小屋にもどることになった。シーグは家に帰るのがこわかった。小屋は外から見ると、いつもとまったく変わらないように見えたが、なかにはあのときの戦いの痕跡《こんせき》がそのままのこっていた。

三人は部屋をかたずけ、ストーブをつけて食事のしたくをした。アンナはたおれていたいすを起こし、シーグは母親の聖書が床に落ちているのを見つけた。

その黒革の本をひろいあげたとき、父親のことばがシーグの頭に聞こえてきた。

「死人にも口はある」エイナルはいっていた。「そしてこの本には、死者とそのことばがあふれている」

シーグはそのとき、はっと思いあたった。父親が母親の聖書をなおしていた日のことが頭によみがえってきた。表紙をひらくと、これまでだれも気がつかなかったものにシーグは気づいた。本の見かえしにかすかなふくらみが、平たくて四角いふくらみがあった。それを見て、シーグは父親があのとき湖上で聖書を燃やそうと思っていたわけではなかったことを理解した。父親はもう助かる見こみがないことを知り、のこされた家族の注意を聖書にむけようとしたのだ。

シーグはナディアがじゃがいもを切るのに使っていたナイフをかりた。ナディアとアンナは無言のままシーグのまわりにあつまり、シーグが聖書のおもて表紙の裏《うら》にナイフで切れ目をいれるのを見ていた。

なかからは、きれいに折りたたまれた二枚の紙が出てきた。
一枚は短い手紙だった。

手紙にはこう書かれていた。

おまえたち三人にわたしたいものがある。安全にわたせるときが来るまでずっとかくしてきたものだ。ある日、男がたずねてくるだろう。そして、その男がふたたび去ったときに、はじめておまえたちは安心してそれを手にすることができる。男がいなくなったら、この地図を取りだし、新しい生活をはじめるんだ。おまえたちならぜったいにできる。三人とも、かしこく、すばらしい人間だからだ。ナディア、アンナ、シーグ、三人とも愛しているよ。

エイナル

もう一枚の紙には地図が描《か》かれていた。
三人が地図どおりに、小道を歩いて小屋の裏の森のなかへ入っていくと、一本の巨大な樺《かば》の木に行きついた。その木の大きくひろがった根の下を掘《ほ》ると、鉄製の箱が出てきた。箱のなかにはちょっとした量の金《きん》があった。

それから何十年もたってから、シーグたちは父親がどうやって金を手にいれたのかを知った。あの春から初冬にかけて、分析所《ぶんせきじょ》という人のあつまる場所で、どうやってあれだけの金を最後までだれにも見つからずにすこしずつもちだすことができたのかを。ある日、シーグはアラスカのゴールドラッシュを経験したという年老いた鉱夫にぐうぜん出会った。そして、その鉱夫は、シーグにさまざまなごまかしの手について教えた。そのひとつに、しめった指に金粉をくっつけて、だれにも気づかれずに、油でなでつけた髪に運ぶというものがあった。毎晩、家に帰ってから、髪を洗ってその金粉を深皿に流しいれ、そして、モスリンの布で濾《こ》してあつめるという。そのようすを思いうかべただけで、父親の髪の油のにおいがよみがえってきた。もう何十年とたっているのに。

父親ののこした金は、それほどの大金になったわけではなかったが、三人はその金をかしこく使った。シーグとアンナが、それ以上にいい使い道はないとナディアを説得《せっとく》し、ペール・ベルイマンの鉱山《こうざん》の一画の採掘権《さいくつけん》を買ったのだ。鉄鉱産業は急成長をとげ、結果的に三人はとても裕福《ゆうふく》な生活を手にいれることになった。

まもなく、アンナが階段をおり、ホテルのバーに入ってきた。アンナは弟を見ると、笑みをうかべた。シーグはもう七十二歳になっていたが、アンナにとっては変わらず、かわいい弟だった。

　シーグと若い兵士の会話にくわわると、アンナは声をあげて笑った。

「いまだにその古い話をひとに聞かせてるのね」アンナはいった。

　シーグはうなずいた。

「さあ、行く時間よ」アンナはいった。「もうコンサートがはじまってしまうわ。わたしは最初から聞きたいのよ」

　ふたりは若い兵士にわかれをつげた。

　ふたつ先の通りにあるコンサートホールまでうでを組んで歩いていると、アンナがシーグのほうをふりかえった。

「ねえ」アンナはいった。「どうしてあなたがああいうことをしたのかわかるまで何年もかかったわ」

「なんの話？」見当はついていたが、シーグは姉にたずねた。

「どうしてあなたがウルフに銃《じゅう》をわたしたのか。あの男がまだ弾《たま》をもっていたことを知っていたのに」

「ああ、そのこと」シーグはいった。「姉さんが小屋を出ていくときにいっただろう？　あのとき、自分がどうすべきかわかったんだ。わたしは母さんの教えに忠実《ちゅうじつ》でありたかった。だが、それと同時に父さんをがっかりさせたくもなかった。それで、その両方をかなえる方法を、ふたりをともによろこばせる方法を見つけたんだ」

「でも、そうすることであなたは命を落とす可能性だってあったのよ」

「そうかもしれない」シーグはいった。

「それとも、神の介入があると信じていたの？」

シーグは一瞬《いっしゅん》、だまった。そして、肩をすくめた。

「父さんと母さんが教えてくれたことを信じていたんだ。ふたりがそれぞれのやりかたで教えてくれたことをね。幸運なことに、それが役にたったのさ」

アンナはほほ笑んだ。

「今、わかったわ。人生にはいつだって第三の選択肢《せんたくし》があるのね。ふたつの選択肢のどちらもえらべないという状況《じょうきょう》におちいったとしても、いつでも三つ目の道があるんだわ。わたしたちはただそれをさがしさえすればいいのね」

シーグはなにもいわずにただうなずくと、歩きつづけた。アンナとともに。


その夜、マーラーの曲がまだ頭のなかに流れている状態で、シーグがベッドに入ると、ふたつの考えがうかんできた。

最初の考えはこういうものだった。自分はなんて愚かな老人なんだろう。これまでの長い人生のあいだずっと、なにかをさがしつづけていた。そして、今夜、ホテルのバーで姉さんに会ったときにはじめて気がついた。故郷《こきょう》は自分自身の外にさがすものではないということに。故郷はつねに自分のなかにあるものだと、自分が愛する人々と自分を愛してくれた人々の思い出でできているものだと。

そして、この考えが頭をはなれたとき、ほぼ六十年間かかえてきた小さな重荷《おもに》も同時に消えさった。ウルフが人生にずかずかと入りこんでくる前の自分と、ようやくつながりをもてたのだ。シーグは、ウルフとすごしたあの一日足らずのあいだに少年であることをやめ、大人への道を歩みはじめた。あの少年を殺したのはウルフなのか？　それとも、シーグはその前からずっと、新しい人生をスタートさせるのにふさわしい瞬間を待っていたのだろうか？　今となってはもう、どちらでもいいことだった。

その次にシーグが考えたのは、若い兵士にいわれたことだった。兵士はシーグの話を、わすれさられるにはもったいない話だといい、紙に書きのこすよう強くすすめた。それはできないとシーグはこたえた。いや、できないというより、自分自身について書くことになんとなく抵抗《ていこう》があった。

すると、作家になる夢をもっていた若い兵士は、他人やよその家族の話を書くようなつもりで書いたらいいと提案《ていあん》した。

シーグはその考えになっとくした。

そこである日、わたしはペンを取り、小さな黒いノートをひろげ、書きはじめた。そして、今、ここに完成した。あなたがたがわたしの物語を気にいってくれることをねがっている。

シーグフィールド・アンデション
ニューヨーク

著者《ちょしゃ》あとがき

　私がリボルバーと北極圏《ほっきょくけん》を小説の主題にしようと決め、相談《そうだん》をもちかけたとき、いつもながらに、私の構想《こうそう》に興味《きょうみ》をもち、本として出す価値を信じ、サポートしてくれた、すばらしき担当編集者《へんしゅうしゃ》に感謝《かんしゃ》をのべたい。

　北極圏の寒さを体験《たいけん》し、風景描写《びょうしゃ》の参考にするため、私は零下《れいか》のスウェーデン北部をおとずれ、じっさいに凍った湖の上を歩いた。そして、そのラップランドで、ぐうぜん、信仰《リヴァ》復興論者《イヴァリスト》の牧師の話を耳にした。その牧師がナディアの牧師のモデルとなっている。このくだりは書いている段階でだいぶけずることになったが、前世紀の初頭のスウェーデンとフィンランドの国境近くのことが書かれたリーナ・モエの自叙伝《じじょでん》にはとても感謝をしている。

　リボルバーの技術的な考察《こうさつ》については、コルト銃《じゅう》に関するイギリスの代表的な専門家、王立武具博物館のピーター・スミサーストにたいへんお世話になった。彼はコルト銃の歴史としくみを詳細《しょうさい》に説明してくれ、四十グレインの発射薬《はっしゃやく》使用の四十四口径のコルトを分解して、じっさいにどう作動《さどう》するのかをとても熱意をこめて解説してくれた。

私の書いたスウェーデン語をチェックしてくれた、グニラ・カールソンにも感謝している。今後、より良い生徒となるようさらなる努力をすることを約束します！

最後に、私はほんものの銃を撃《う》つということがじっさいどういうことなのかを知っておくべきだと判断《はんだん》した。これはイギリスではかんたんに実行できることではないので、エストニアをおとずれ、退官《たいかん》した警察官《けいさつかん》トヌー・アドリックに、一月のある零下の日に指導《しどう》をあおいだ。

もし、それまで私が銃を撃つことをおそろしいとか、むずかしいとか考えていたとしたら、私はまちがっていた。銃を撃つうえでただひとつおそろしいことは、それがとてもかんたんであることだった。ほんとうにかんたんすぎるほどにかんたんだった。また、私はそのとき、どうしてももう一度銃を撃ちたいという強い欲望にかられた。その自分の欲望の強さに気づいたとき、私はぞっとした。

銃がいいものか悪いものかは、それぞれが決めることだと私は思う。この物語のなかで、シーグがそうしたように。多くの人々が、人間が引き金を引こうと決断《けつだん》しないかぎり、銃はなにもしないと主張するが、ここで適切《てきせつ》な議論《ぎろん》をするには銃をめぐる問題は複雑《ふくざつ》すぎる。私がいいたいのは、人生にはつねに第三の選択肢《せんたくし》があることを私は信じているということだけだ。ただ、ときにその選択肢を見つけるには少々時間がかかることがある。

マーカス・セジウィック
二〇〇八年クリスマス
ストックホルム

訳者《やくしゃ》あとがき

「死人にも口はある」

百年前のスウェーデン北部を舞台《ぶたい》にしたこの物語は、こんな、ぶきみとも思えるような印象的な書き出しではじまります。ふだん、わたしたちがことわざとして知っているのは「死人に口なし」です。その意味は「死者はなにも語れないので、証言《しょうげん》することも釈明《しゃくめい》することもできない」で、おもに、死者に無実《むじつ》の罪を着せることをさして使われます。ところが、主人公シーグの父親エイナルは、子どもたちに「死人にも口はある」と教えます。母親から受けついだそのことわざを、エイナルがどんな意味として、どんな場面で使っていたのか、はっきりとは語られませんが、娘のアンナは「ほんとうの意味で終わるものはこの世には存在しない、過去はいつでもわたしたちとともにある」と解釈《かいしゃく》します。

そのアンナの解釈が正しいことを証明するかのように、アンデション一家は、一攫千金《いっかくせんきん》を夢見たエイナルがゴールドラッシュに沸くアラスカに家族でわたるという決断をくだしたことによって、エイナルの妻でシーグとアンナの母親であるマリアを悲劇的な形でうしない、その地をはなれてからも、何年も世界のへりを転々とする生活をおくることになります。あげくにエイナル本人も報《むく》いを受けるかのように命を落としてしまいます。そして、悲劇はそこで終わらず、今度は子どもであるシーグとアンナが命の危機に直面させられるのです。

両親をうしなった姉弟《きょうだい》は、なぜ自分たち家族が逃避行《とうひこう》のような旅をしてきたのか、他人との接触《せっしょく》を避ける生活をしているのか、理由を知りません。すべては父親がアラスカ時代におかしたあやまちが発端《ほったん》であることを、父親の死の直後に、父親へのはげしい復讐心《ふくしゅうしん》をいだいた人物の口から聞かされることになります。その人物ウルフは、シーグに対し、「父親がもうこの世にいないとなれば、おまえがあとつぎとなるわけだよ。つまり、おれは今度はおまえに用があるということだ」といいます。シーグは、にげつづけたまま死んだ父親のかわりに、ウルフとの過去の因縁《いんねん》に決着をつけるはめになったのです。

たったひとりで大男ウルフと対決しなくてはならなくなったシーグは、死んだ両親の教えを記憶のなかから必死にたぐりよせ、自分と姉を窮地《きゅうち》から救う方法をさがします。まさに、いまや「死人」となった父親と母親が、シーグの頭のなかで、どうすべきか語りかけてくるのです。けれど、エイナルとマリアが子どもたちに教えたことは正反対ともいえるようなものでした。銃《じゅう》に深い愛情と敬意をいだき、銃は武器ではなく解決策《かいけつさく》だと教えた父親、かたや、聖書を心のよりどころとし、敵を愛しなさいと教えた母親。死者のことばに耳をかたむけながら、シーグは自分なりの解決方法をみいだそうとします。そして、その過程で、それまで受け身的に生きてきた自分のなかに眠っていた力、自分の強さに気づき、両親をうしなった現実を受けとめ、大人への道を歩みだすのです。

著者のマーカス・セジウィックは一九六八年にイギリスのケント州で生まれ、大学卒業後に三年間、ケンブリッジにある児童書専門の書店で働いていました。そこで、子どもむけの本の魅力《みりょく》に触れた著者は、児童書の出版社に就職《しゅうしょく》し、仕事のかたわらにヤングアダルト小説を書くようになり、五番目に書きあげた小説*Floodland*で二〇〇〇年に小説家デビューを果たしました。そして翌年には、もっとも有望な新人の児童文学作家に贈られるブランフォード・ボウズ賞を受賞しています。現在までに十二冊のヤングアダルト小説を出していますが、そのほとんどがガーディアン賞やカーネギー賞、プリンツ賞などの最終候補作《こうほさく》に選ばれていて、この作品も、二〇一〇年度のカーネギー賞とブックトラスト・ティーンエイジ賞の最終候補作に、そして二〇一一年度のプリンツ賞のオナーブックに選ばれています。

あるインタビューで、著者は、この作品では道徳にかかわるとても大きな選択について書きたかったと話しています。つまり、銃を使うことは正しいのかまちがっているのかということです。さいわい、日本に住むわたしたちが、せっぱつまった状況で銃の引き金を引くか引かないかの選択を迫られる可能性はかぎりなくゼロに近いですが、それでも、自分やだいじな人を守るためには、だれかを傷つけるほかに道はないと思える状況に置かれることがないとはいいきれません。そんなときにも、さがせばかならず第三の選択肢が見つかるのだと、著者と同じようにわたしも強く信じています。

最後になりましたが、この作品を訳すにあたってたくさんの方にお世話になりました。訳稿をていねいに読みこみ、的確な助言をくださった平田紀之さんと作品社編集部の青木誠也さん、選者の金原瑞人先生、原文とのつきあわせをしてくださった中田香さんに心からお礼を申しあげます。

二〇一二年一月

小田原智美

選者のことば

一九七〇年代後半、アメリカで生まれて英語圏の国々に広がっていった「ヤングアダルト」というジャンル、日本でもここ十年ほどの間にしっかり根付いて、多くのヤングアダルト小説が翻訳されるようになってきた。長いこと、このジャンルの作品を紹介してきた翻訳者のひとりとしてとてもうれしい。

そして今回、作品社から新しいシリーズが誕生《たんじょう》することになった。このシリーズ、これまでぼくが翻訳・紹介に携《たずさ》わってきたロバート・ニュートン・ペックの『豚の死なない日』やシンシア・カドハタの『きらきら』のような作品を中心に置きたいと考えている。

つまり、作品の古い新しいに関係なく、海外で売れている売れていないに関係なく、賞を取っている取っていないに関係なく、読みごたえのある小説のみを出していくということだ。

そのためには自分たちの感性を頼りに、こつこつ一冊ずつ読んでいくしかない。しかしその努力は必ず報《むく》われるにちがいない……と信じて、一冊ずつ、納得《なっとく》のいく本を出していきたいと思う。

金原瑞人

【著者・訳者・選者略歴】

マーカス・セジウィック（Marcus Sedgwick）

マーカス・セジウィック（Marcus Sedgwick）1968年イギリス生まれ。邦訳に、『ソードハンド――闇の血族』、『臆病者と呼ばれても』（あかね書房）、『魔女が丘』、『ザ・ダークホース』（理論社）。

小田原智美（おだわら・ともみ）

翻訳家。訳書に『ユミとソールの10か月』（作品社）『エリオン国物語2』、『エリオン国物語3』（以上アスペクト、共訳）。

金原瑞人（かねはら・みずひと）

岡山市生まれ。法政大学教授。翻訳家。ヤングアダルト小説をはじめ、海外文学作品の紹介者として不動の人気を誇る。著書・訳書多数。

シーグと拳銃と黄金の謎

2012年2月25日初版第1刷印刷
2012年2月29日初版第1刷発行

著　者　マーカス・セジウィック
訳　者　小田原智美
選　者　金原瑞人
発行者　高木 有
発行所　株式会社作品社
〒102-0072 東京都千代田区飯田橋2-7-4
TEL. 03-3262-9753 FAX. 03-3262-9757
http://www.tssplaza.co.jp/sakuhinsha/
振替口座00160-3-27183

装　幀　水崎真奈美（BOTANICA）
装　画　Kenei Hayama
本文組版　前田奈々（あむ）
印刷・製本　シナノ印刷株式会社

ISBN978-4-86182-371-8 C0097

【作品社の本】

ナボコフ全短篇

ウラジーミル・ナボコフ 著　沼野充義・若島正他 訳

英米文学者とロシア文学者との協力により、
1920年代から50年代にかけて書かれた、
新発見の3篇を含む全68篇を新たに改訳した、決定版短篇全集！
"言葉の魔術師" ナボコフが織りなす華麗な言語世界と
短篇小説の醍醐味を全一巻に集約。

ISBN978-4-86182-333-6

ローラのオリジナル

ウラジーミル・ナボコフ 著　若島正 訳

ナボコフが遺した138枚の創作カード。
そこに記された長篇小説『ローラのオリジナル』。
不完全なジグソーパズルを組み立てていくように、文学探偵・若島正が、
精緻を極めた推理と論証で未完の物語の全体像に迫る！

ISBN978-4-86182-318-3

ロリータ、ロリータ、ロリータ

若島正

画期の新訳『ロリータ』を世に問い、絶賛を博した著者が、
満を持して書き下ろす決定版『ロリータ』論、遂に刊行！
ナボコフが張りめぐらせた語り／騙りの謎の数々がいま、
稀代の読み手の緻密な読解によって、見事に解き明かされていく。
知的興奮と批評の醍醐味が溢れる衝撃の一冊！

ISBN978-4-86182-157-8

【作品社の本】

老首長の国

ドリス・レッシング アフリカ小説集

ドリス・レッシング 著　青柳伸子 訳

自らが五歳から三十歳までを過ごしたアフリカの大地を舞台に、
入植者と現地人との葛藤、古い入植者と新しい入植者の相克、
巨大な自然を前にした人間の無力を、重厚な筆致で濃密に描き出す。
ノーベル文学賞受賞作家の傑作小説集！

ISBN978-4-86182-180-6

メアリー・スチュアート

アレクサンドル・デュマ 著　田房直子 訳

三度の不幸な結婚とたび重なる政争、十九年に及ぶ監禁生活の果てに、
エリザベス一世に処刑されたスコットランド女王メアリー。
悲劇の運命とカトリックの教えに殉じた、孤高の生と死。
文豪大デュマの知られざる初期作品、本邦初訳！

ISBN978-4-86182-198-1

被害者の娘

ロブリー・ウィルソン 著　あいだひなの 訳

同窓会出席のため、久しぶりに戻った郷里で遭遇した父親の殺人事件。
元兵士の夫を拳銃自殺で喪った過去を持つ女を翻弄する、苛烈な運命。
田舎町の因習と警察署長の陰謀の壁に阻まれて、停滞し迷走する捜査。
十五年の時を経て再会した男たちとの愛憎の桎梏に、絡めとられる女。
亡き父の知られざる真の姿とは？　そして、像を結ばぬ犯人の正体は？

ISBN978-4-86182-214-8

【作品社の本】

愛するものたちへ、別れのとき

エドウィージ・ダンティカ 著　佐川愛子 訳

アメリカの、ハイチ系気鋭作家が語る、
母国の貧困と圧政に翻弄された少女時代。愛する父と伯父の生と死。
そして、新しい生命の誕生。感動の家族愛の物語。全米批評家協会賞受賞作！

ISBN978-4-86182-268-1

骨狩りのとき

エドウィージ・ダンティカ 著　佐川愛子 訳

姉妹のように育った女主人には双子が産まれ、愛する男との結婚も間近。
貧しくもささやかな充足に包まれて日々を暮らす彼女に訪れた、運命のとき。
全米注目のハイチ系気鋭女性作家による傑作長篇。
米国図書賞《アメリカン・ブックアワード》受賞作！

ISBN978-4-86182-308-4

幽霊

イーディス・ウォートン 著　薗田美和子、山田晴子 訳

アメリカを代表する女性作家イーディス・ウォートンによる、
すべての「幽霊を感じる人《ゴースト・フィーラー》」のための、珠玉のゴースト・ストーリーズ。
静謐で優美な、そして恐怖を湛えた極上の世界。

ISBN978-4-86182-133-2

【作品社の本】

マラーノの武勲

マルコス・アギニス 著　八重樫克彦・八重樫由貴子 訳

「感動を呼び起こす自由への賛歌」——マリオ・バルガス゠リョサ絶賛！
16〜17世紀、南米大陸におけるあまりにも苛烈なキリスト教会の異端審問と、
命を賭してそれに抗したあるユダヤ教徒の生涯を、
壮大無比のスケールで描き出す。
アルゼンチン現代文学の巨人アギニスの大長篇、本邦初訳！

ISBN978-4-86182-233-9

天啓を受けた者ども

マルコス・アギニス 著　八重樫克彦・八重樫由貴子 訳

合衆国南部のキリスト教原理主義組織と、
中南米一円にはびこる麻薬ビジネスの陰謀。
アメリカ政府と手を結んだ、南米軍事政権の恐怖。
アルゼンチン現代文学の巨人マルコス・アギニスの圧倒的大長篇。
野谷文昭氏激賞！

ISBN978-4-86182-272-8

逆さの十字架

マルコス・アギニス 著　八重樫克彦・八重樫由貴子 訳

「忌まわしい偽善の律法学者、ファリサイ人たち！　このマムシのすえどもめ!!」
アルゼンチン軍事独裁政権下で警察権力の暴虐と教会の硬直化を
激しく批判して発禁処分、しかしスペインでラテンアメリカ出身作家として
初めてプラネータ賞を受賞。欧州・南米を震撼させた、アルゼンチン現代文学の
巨人マルコス・アギニスのデビュー作にして最大のベストセラー、待望の邦訳！

ISBN 978-4-86182-332-9

【作品社の本】

金原瑞人選オールタイム・ベストYA

とむらう女

ロレッタ・エルスワース 著　代田亜香子 訳

19世紀半ばの大草原地方を舞台に、母の死の悲しみを乗りこえ、
死者をおくる仕事の大切な意味を見いだしていく少女の姿を
こまやかに描く感動の物語。
厚生労働省社会保障審議会推薦児童福祉文化財。

ISBN978-4-86182-267-4

金原瑞人選オールタイム・ベストYA

希望《ホープ》のいる町

ジョーン・バウアー 著　中田香 訳

ウェイトレスをしながら高校に通う少女が、
名コックのおばさんと一緒に小さな町の町長選で正義感に燃えて大活躍。
ニューベリー賞オナー賞に輝く、元気の出る小説。
全国学校図書館協議会選定第43回夏休みの本（緑陰図書）。

ISBN978-4-86182-278-0

金原瑞人選オールタイム・ベストYA

私は売られてきた

パトリシア・マコーミック 著　代田亜香子 訳

貧困ゆえに、わずかな金でネパールの寒村から
インドの町へと親に売られた13歳の少女。
衝撃的な事実を描きながら、深い叙情性をたたえた感動の書。
全米図書賞候補作、グスタフ・ハイネマン平和賞受賞作。

ISBN978-4-86182-281-0